Cida
a empreguete

Leusa Araujo

Cida a empreguete

UM DIÁRIO ÍNTIMO

Baseado na personagem homônima da novela
Cheias de Charme,
de Filipe Miguez e Izabel de Oliveira

Casa da Palavra

Este livro foi revisado segundo o Novo Acordo Ortográfico da Língua Portuguesa.

DIREÇÃO EDITORIAL
Martha Ribas
Ana Cecilia Impellizieri Martins

EDITORA
Fernanda Cardoso Zimmerhansl

EDITORA ASSISTENTE
Marina Boscato Bigarella

PROJETO GRÁFICO DE CAPA E MIOLO
Mariana Newlands

COPIDESQUE
Fernanda Mello

REVISÃO
Vivia de Aguiar

DIAGRAMAÇÃO
Filigrana

COMPOSITORES
Vida de empreguete (pág. 63) - Quito Ribeiro
Chalalá (pág. 103) - Sergio Saraceni e Ronaldo Monteiro de Souza

Reprodução do trecho do poema “Para sempre”
Para sempre – In: Lição de coisas, de Carlos Drummond de Andrade, Companhia das Letras, São Paulo
Carlos Drummond de Andrade © Graña Drummond
www.carlosdrummond.com.br

CIP-BRASIL. CATALOGAÇÃO-NA-FONTE
SINDICATO NACIONAL DOS EDITORES DE LIVROS, RJ
A69c

Araujo, Leusa, 1960-
Cida, a empreguete : um diário íntimo / Leusa Araujo. - Rio de Janeiro : Casa da Palavra, 2012.

ISBN 978-85-7734-288-4

1. Cida (Personagem fictício) - Diários. 2. Cheias de charme (Novela de televisão) 3. Novela brasileira. I. Título.

12-6290. CDD: 791.4570981
CDU: 654.1919(81)

31.08.12 13.09.12 038726

CASA DA PALAVRA PRODUÇÃO EDITORIAL
Av. Calógeras, 6, 1001 – Rio de Janeiro
21.2222-3167 21.2224-7461 divulga@casadapalavra.com.br
www.casadapalavra.com.br

Agradecimentos especiais à
Isabelle Drummond e à toda equipe
da novela *Cheias de charme.*

Quase não acreditei quando a editora de livros ligou.

– Maria Aparecida dos Santos?

– Sim, eu mesma.

– Li seu diário de ponta a ponta, sem parar nem para beber água. Quero publicar!

– Meu diário? – perguntei feito uma boba. Se eu mesma encaminhei os originais do diário para a editora, o que mais poderia ser?

Animada, a editora continuou:

– Vamos marcar uma reunião para discutir os detalhes do contrato.

Sim, sim – eu repetia. Confesso que nem ouvia direito. Para mim, o que interessava era ver o *Diário da Cida* virar um livro! O diário da menina que viveu na casa dos patrões até os 19 anos, ficou famosa com um trio musical e só muito depois aprendeu que seu verdadeiro sonho era ser escritora. *Quem diria, hein, Maria Aparecida!* – uma voz interior dizia. Maria Aparecida, criada no quarto dos fundos, arrumadeira desde criança para compensar o *imenso* favor de ter sido alimentada e protegida por um teto.

– Então combinado: segunda-feira, no escritório – propôs a editora. – Parabéns, Maria Aparecida. Seu diário é valioso!

– Obrigada – respondi baixinho, como sempre faço quando a garganta fecha e o olho arde.

– Meu Deus! – falei para mim mesma, ao desligar o telefone. Nem parece que fui eu que escrevi aquilo tudo! E agora? Todo mundo vai saber a minha verdadeira história?

Prólogo

Apareci

Não gosto do meu nome de batismo, até porque não sou nada "aparecida". Ao contrário, sempre fui um pouco tímida e prefiro que me chamem de Cida: é menor, mais simples e fácil de falar. Mas, toda vez que penso no meu nome, entendo que apareci na vida fazendo uma grande confusão!

Minha mãe se chamava Dolores, e trabalhava como arrumadeira na casa da família Sarmento – o famoso advogado. Ela morava lá, num quartinho com minha Madrinha, cozinheira da casa. De repente, descobriu que estava grávida do motorista – outro pobre coitado que tinha vindo tentar a vida no Rio de Janeiro. Namoro recente.

O que a dona da casa, por mais que gostasse de minha mãe como empregada, ia achar daquela gravidez fora de hora? No mínimo, um complô dos empregados! Mais uma boca para alimentar, mais uma criança para fazer barulho, além das duas meninas Sarmento que já movimentavam o suficiente aquela mansão!

"Um bebê nos fundos da casa! Uma empregada sem trabalhar no próximo verão! E um casal namorando escondido dentro da minha propriedade!", a patroa deve ter pensado. Fico imaginando minha mãe, minha Madrinha e o meu jovem pai – todos atrapalhados com a situação, confabulando na lavanderia. Não teve outro jeito. A família Sarmento acabou aceitando a Cida!

Um dia perguntei para a Madrinha como é que a d. Sônia (é o nome da dona da casa) não botou todo mundo de mala e cuia para fora da mansão? A Madrinha explicou que d. Sônia tinha aquele jeito de durona, mas, no fundo, ficou com pena da Dolores. Além disso, Dolores fazia as vezes de babá para as duas meninas Sarmento. Choronas como eram, se Dolores saísse do dia para a noite, o prejuízo seria ainda maior.

Para aumentar a dor da minha mãe, meu pai sofreu um acidente na Serra, voltando da casa que os patrões tinham em Teresópolis. Chovia muito, um aguaceiro de verão daqueles que trazem o morro inteiro abaixo... O morro engoliu tudo. Até a alegria de viver da minha mãe, que desde então passou a me deixar cada vez mais aos cuidados da Madrinha. Ainda hoje, nas enchentes de verão, a Madrinha fica igual a uma maluca, de um cômodo para o outro, fechando as janelas e as portas.

Pode, não pode!

Quem não gosta de brincar dias e dias inteiros quando se é criança?

Ariela e Isadora, as filhas dos patrões, são um pouco mais velhas do que eu. Ariela é morena e baixinha. Isadora é loira e alta. Nós três vivíamos inventando coisas. E foi um bocado difícil entender as regras da casa: a Cida é amiguinha? Sim! Pode brincar na sala, nos quartos, ou quando tem outras crianças para brincar? Não! Em compensação, a Cida pode brincar à vontade no quintal, e no quartinho dos fundos com a Madrinha. Pode, sim, ficar no quarto, dentro da casa, se uma das meninas estiver doente ou chorando de medo, né, Isadora?

Infância é pura desordem. E por mais que a Madrinha e a d. Sônia repetissem as regras, a gente vivia fazendo bagunça. Isadora gostava de dormir no quartinho dos fundos; desejava os presentes que minha mãe me trazia do mercadinho e, às vezes, implorava, aos prantos, para que eu os trocasse com ela. Um celular de plástico do camelô por uma roupa de Barbie que ela tinha acabado de ganhar. Uma canetinha que brilha por um álbum novinho, cheio de figurinhas de princesa para colar. Nessas, eu quase sempre saía ganhando!

Já Ariela costumava se arrepender um minuto depois por ter me dado qualquer coisa. Fazia questão de pedir de volta na frente de todo mundo, falando bem alto – mesmo que a Madrinha explicasse que a patroa tinha me dado, porque já não servia mais para ela ou por estar fora de uso.

Quer saber? O mais chato de tudo era interromper a brincadeira quando chegava alguém de fora. E ter que sair correndo "lá pra dentro" como fugitiva!

Fora isso, a minha lembrança da infância é só alegria e correria em volta daquela piscina gigante. E quando os patrões viajavam: *tibum* na água fria para refrescar.

A PEQUENA BORRALHEIRA

A vida mudou muito quando as meninas Sarmento entraram na escola americana em período integral. O motorista levava as duas bem cedo, eu nem havia terminado o café, e só voltavam à noitinha. Elas chegavam nervosas e cansadas. Parecia que não gostavam mais de brincar. Parecia que nem eram mais crianças.

Para mim a vida também ficou mais chata. Passava o período da manhã na escola pública, a uns doze quarteirões da mansão, e quando voltava quase já não tinha tempo de fazer mais nada: ajudava a Madrinha com a mesa do almoço, depois com a louça; arrumava as compras do supermercado; cuidava do meu uniforme; dobrava as roupas que saíam da secadora e mais uma porção de tarefas para ajudar minha mãe. Depois, jantava bem cedo para sobrar tempo de fazer as lições de casa. Ficava semanas quase sem ver direito os patrões. E se não fosse a Isadora ser tão birrenta, d. Sônia evitava cada vez mais que as filhas visitassem o quarto dos fundos.

O DIA D

Aquela terça-feira prometia se tornar especial para mim. Era o anúncio do resultado do concurso de melhor redação da escola. Sétima série em peso participando! Eu tinha caprichado, criando uma história de terror sobre o sumiço de uma estátua de bronze. Se fosse escolhida entre as melhores, podia concorrer a uma coleção de livros! Estava torcendo, e no fundo acreditava na vitória.

A professora entrou na sala:

– Maria Aparecida? – Dirigiu-se na minha direção, comovida.

– Levantei, preparando um sorriso...

Mas a professora me olhou com olhos de pavor. Uma sombra esquisita atravessou a porta.

– Acompanhe-me, por gentileza...

Pegou na minha mão e, em seguida, outras pessoas chegaram: a diretora, a coordenadora, a orientadora da escola. "Credo!", pensei. "Vou receber um prêmio ou vamos para um velório?"

As mulheres foram me conduzindo para outra sala, como se eu não estivesse cansada de conhecer o caminho. Silêncio. Dava até para ouvir o *teque-teque* do tamanco da diretora pelo corredor. De vez em quando, algumas cabeças de meninos curiosos surgiam nas portas das salas, agitados por aquela estranha caminhada.

Na salinha da coordenação, a tia do café veio me receber com um copo de água com açúcar, e foi então que comecei a ouvir o coro de vozes, um pouco desencontradas:

– Sua mãe, Maria Aparecida... – dizia uma.

– Infelizmente, Maria Aparecida... – outra voz.

– Um infarto, Maria Aparecida, na esquina da padaria...

– Maria Aparecida, o coração parou, minha filha...

Eu repetia "quero a minha Madrinha", chorava muito e enfiava a cabeça no meio dos joelhos. Minhas amigas, em pouco tempo, foram chegando, me rodeando, como um bando de passarinhos tristes. Alguém disse baixinho:

– O sapato da mãe dela ainda está lá, na calçada da padaria.

> *Num segundo compreendi tudo: minha mãe tinha morrido! Não era preciso dizer-me. Dei um grito de desespero e senti-me só no mundo.*
>
> *David Copperfield*
>
> CHARLES DICKENS

Só

Os livros, que minha mãe me ensinou a amar, foram meus verdadeiros companheiros.

Pode ter herança mais bonita? Uma pequena biblioteca toda minha.

Gostar desse momento. Gostar dessa emoção tão cheia de riquezas íntimas.
Pensar nos livros que a gente já leu, nas alegrias dos livros lidos.

Olhos parados
MANOEL DE BARROS

COMO NASCEU O *DIÁRIO DA CIDA*

Eu escrevo como se fosse para salvar a vida de alguém, provavelmente a minha própria vida.

Um sopro de vida
CLARICE LISPECTOR

Saudade. Essa palavra me levou até o caderno, dias depois do "Dia D". O olho pesava. A mão tremia. O *diário da Cida* foi o jeito que encontrei de contar tudo à minha mãe, de dizer que a vida dela continuava na minha. E que uma pessoa tão linda assim não ia me abandonar sozinha, nem ia deixar de saber cada um dos meus passos daqui em diante. Enquanto ela me guiava, eu escrevia para me salvar.

Daqui para a frente vocês vão conhecer a minha história pelas páginas do meu diário. Só assim terão uma ideia de quantos acontecimentos preparam um sonho!

Cida, empregadinha

Uma semana depois da morte

Mãezinha, nem preciso dizer que os últimos dias foram os mais tristes dos meus 12 anos de vida. No começo, muita gente do meu lado, meus professores, minha turma da escola, a Madrinha.

Dr. Sarmento cuidou dos papéis e dessas coisas chatas, e d. Sônia insistiu para eu ficar descansando no quarto. Mas agora, Mãezinha, só de olhar para a cara da Madrinha dá para ver a aflição: o que é que vão fazer comigo?

Orfanato?

Ontem escutei a Isadora chorando, pedindo para a d. Sônia não me mandar para o orfanato. D. Sônia explicou que a Madrinha não pode cuidar de mim se não tiver a guarda, ou seja, se não assinar os papéis direitinho, dizendo para o juiz que cuidará de mim até que eu fique maior de idade. D. Sônia também explicou que eles terão que gastar mais dinheiro com uma nova empregada. E como vai caber tanta gente assim num quartinho só?

Foi então que eu pensei: o salário da Madrinha mal dá para ela... Quem vai pagar minhas coisas? Onde é que eu vou ficar se eu não puder ficar no quartinho com a Madrinha? Será que a nova empregada não pode dormir naquele quarto sempre vazio do salão de jogos?

Mais sobre orfanato

Tive um pesadelo, Mãezinha. Eu morava num internato, na Inglaterra, como a Sara Crewe, da história da *Princesinha*; e a malvada da senhorita Minchin já tinha descoberto que meu pai tinha morrido e perdido toda a fortuna. A bruxa me perseguia dia e noite com suas ordens! Em vez de brincar naquele quarto lindo que antes era só meu, eu lavava e encerava as escadarias do prédio. Meus joelhos doíam, minhas costas doíam... e quando acordei a Madrinha me trouxe a boa notícia. De tanto que a Isadora pediu para o dr. Sarmento, não é que ele conseguiu que o juiz desse a minha guarda para a Madrinha?

E tem mais: ela me prometeu nunca sair de perto de mim.

– Nós duas juntas podemos muito bem fazer o trabalho da casa sem ter que botar outra pessoa no quartinho! – disse com satisfação. – Você já é uma mocinha – afirmou, arrumando a gola do meu pijama. – É forte e prendada para fazer o serviço de arrumadeira. E eu, minha filha, darei conta do resto! – anunciou feliz por me ver livre do orfanato.

Nossa, Mãezinha, que alívio! A Madrinha e eu nos abraçamos tanto que as minhas costas ficaram como se eu tivesse mesmo lavado a escadaria inteira do internato inglês.

Bom dia!

Passei a dormir na cama que era sua, a usar o seu criado-mudo, e botei lâmpada no abajur de louça pintado de flores azuis. Assim posso ler *Jane Eyre* até dormir...

Ouvir o barulho da máquina de lavar, sentir o cheiro de café bem cedinho, e esperar o momento em que a Madrinha vem me tirar da cama – tudo isso me faz sentir como se você ainda estivesse por perto e como se aqui fosse para sempre a minha casa.

Que raiva!

Tenho feito o possível para me apresentar mais à d. Sônia e ao dr. Sarmento para as tarefas da casa. Sirvo o café da manhã, embora com medo de derrubar suco na mesa; abro o portão da garagem para o dr. Sarmento e aproveito para levar o lixo na calçada. E nem acredito quantas vezes subo e desço as escadas para arrumar coisas no quarto das meninas. As duas foram viajar para a Serra com os avós.

D. Sônia me olha como se eu tivesse me tornado um problema: desajeitada para fazer as coisas e incapaz de entender o que ela quer. Reclama o tempo inteiro da desordem na casa, mas não tem paciência de explicar até o fim o que é que há de errado! Age como se você, Mãezinha, tivesse abandonado o serviço, sem mais nem menos. Eu a ouvi dizer outro dia, ao telefone: "A empregada inventou de enfartar na esquina". Quando ela me viu, disfarçou, lamentando-se: "Olha, a Dolores foi a melhor empregada que tivemos em décadas. Estou sem chão."

Claro que fui chorar, cheia de raiva e tristeza, no ombro da Madrinha. Mas ela sempre se conforma com tudo! Parece que é normal que eu ocupe o seu lugar nos serviços domésticos, Mãezinha. Parece que é normal ser filha de doméstica, neta de doméstica. Normal ter uma família inteira a serviço de outra família. Madrinha vive repetindo:

– Bote as mãos para o céu, Cida, e agradeça por ter um lugar ao sol.

Lugar ao sol, Mãezinha? Será?

> *[...] pois Bessie agora frequentemente me usava como uma espécie de criada assistente do quarto das crianças, para arrumar o quarto, espanar as cadeiras e coisas assim.*
>
> *Jane Eyre*
>
> CHARLOTTE BRONTË

Presentes de Natal

Olha só, Mãezinha. Dessa vez, Isadora resolveu despejar o armário dela no meu quarto. Isso mesmo. Ganhei um verdadeiro guarda-roupa novo para o próximo ano. Isa está radiante porque vai fazer seis meses de inglês em Londres. Inventou que será uma garota completamente diferente: mais alegre, mais adulta. Primeira providência (ainda bem!!!), se livrar das roupas "velhas" e "de menininha".

Você sabe, de velhas não têm nada, e a nossa fada Madrinha há de reformar tudo para o meu tamanho em dois domingos!!!

Ai, Mãezinha, sabe aquela saia xadrez que eu amo? Então, agora é minha! Muitas blusinhas curtas e com rendas. Sapatos quase novos, sandálias de todos os saltos, e até umas bijus lindas, só precisando de umas pecinhas. É verdade que o estojo de maquiagem está meio caído. E daí? Dá para aproveitar três sombras e um blush quase inteiro. Como diz a Madrinha:

– Sempre dá pra aproveitar, Cida!

Nessas horas eu penso: Isadora é mesmo a irmã que eu não tive.

O que é que eu digo na escola?

Tenho vontade de apagar este ano inteirinho da minha vida! A senhora bem sabe, Mãezinha, a escola sempre foi tudo para mim. Lá, ao menos, eu fico com minhas amigas, aprendo coisas novas todos os dias, e ainda posso me divertir no recreio. Só que passei a ter aulas de inglês com uma professora daquelas que não quer saber se não tive tempo de fazer lição porque estava arrumando as gavetas da Ariela! Ela me deu uma nota vermelha por eu não ter ido ao cinema com a classe para treinar o inglês...

– Acha que eu não fui ao cinema à tarde porque não quis, Mãezinha?

D. Sônia não deu autorização para eu sair, porque dr. Sarmento ia trazer – justamente naquele dia – uns políticos para jantar. Resultado: passei a tarde correndo de lá pra cá atrás de d. Sônia, lustrando colheres de prata, cortando cabinho de flores para fazer arranjos de mesa, polindo taças!

Ela me olha sem paciência e diz:

– Você não sabe mesmo o trabalho que dá organizar um jantar sentado, né, Maria Aparecida?

Pois é, Mãezinha. Agora não me chama mais de Cida – só de Maria Aparecida!

E enquanto eu aprendo a dobrar guardanapos com encaixe para os talheres, perco pontos no inglês, falto na reposição de matemática. Tenho medo, um medo enorme de perder o ano e não me formar com a turma. Cheguei a sonhar que meu diploma caía num buraco bem fundo, no morro, atrás da escola. Todo mundo olhava com pena! O diretor balançava a cabeça, desanimado:

– Ah, Maria Aparecida, perdeu sua chance...

Acordei com febre.

Laralalararará...

Acabei me conformando de não participar do baile de formatura no final do ano, pois a comissão organizadora cobra um dinheiro à parte.

– Nem pensar em pedir qualquer quantia para o dr. Sarmento – advertiu a Madrinha.

Ela decidiu que devo me concentrar nos exames, já que continuo na corda bamba tanto em inglês como em matemática. E prometeu arrancar umas folgas para que eu possa me preparar melhor.

Confesso que, num primeiro momento, me senti o último dos mortais. Mas, depois, a comissão de formatura veio com a ideia de montar um coral para o dia da entrega do diploma. Resolvi deixar a história do baile pra lá, e estou participando loucamente dos ensaios!

Passei, passei raspando, mas passei!

Passei os últimos tempos na maior correria. E só agora eu volto a escrever no diário. Mas tenho um forte motivo, Mãezinha: acabei de chegar da minha colação de grau. A Madrinha ficou tão radiante, que parecia ter vinte anos a menos. Sentou na primeira fila do auditório, sorrindo o tempo inteiro. Só tinha olhos para mim.

– Quando a Dolores, sua mãe, ia imaginar esse dia! – comemorava.

– É só o primeiro diploma – eu disse, na hora em que d. Graça, a coordenadora, me deu o canudo (Vazio, né? Porque o papel pra valer tem que ser retirado na secretaria da escola). Estou mesmo resolvida a fazer Jornalismo, porque gosto de escrever – e queria que você, Mãezinha, fosse a primeira pessoa a saber.

Hoje cantamos "Será", uma música linda do Legião Urbana – com coreografia inspirada no filme *Mudança de Hábito*. Todo mundo riu e chorou de emoção. No final, surpresa! Uma chuva de papel picado caiu no anfiteatro.

Esse é o dia mais feliz da minha vida.

Meu primeiro amor

12 de outubro. O dia dos meus 15 anos, Mãezinha. Meu corpo ganhou cintura, meu cabelo cresceu e já não me sinto a menininha de antes. Até os garotos mais velhos começaram a me olhar de um jeito diferente...

Como caiu num sábado, que é quando tenho folga depois do almoço, saí para comer hambúrguer com minhas amigas mais queridas da classe. Então, então... ENTÃÃÃÃÃOOO... Você nem imagina o que aconteceu! Um garoto da mesa ao lado botou os olhos azuis o tempo todo em mim. Meio moleque malcriado, meio bichinho abandonado. Lindo.

Na hora de cantar parabéns, teve a ousadia de se meter na nossa mesa, dizendo que também havia nascido no mesmo dia, que estava comemorando 17 anos e não tinha ninguém para soprar velinha com ele.

– Pobrezinho... – as meninas zombaram em coro, achando que era uma cantada daquelas bem esfarrapadas. Eu, muito tonta, até acreditei!

Elas foram tão inflexíveis que a criatura teve que mostrar a identidade para a gente.

Pois estava lá: Rodinei Maximiliano de Lima. Data de nascimento: 12 de outubro. Não é que era verdade mesmo?

Depois da revelação, ele veio com um papinho para o meu lado de que éramos almas gêmeas e precisávamos nos conhecer melhor. Perguntou se a gente não podia comemorar juntos em outro lugar e bláblábla...

Despistei o que pude, mas deixei que me acompanhasse até a mansão.

Um segundo antes de eu entrar, ele me roubou um selinho. E eu, muito boba, fiquei vermelha, sem fala, e ainda menti dizendo que o dr. Sarmento, meu patrão, estava na janela, me chamando.

Como é que pode, Mãezinha? Aos 15 anos ser tímida como uma menina de 9?

Teste de múltipla escolha

Descobri muitas coisinhas do Rodinei pelas minhas amigas. Ele é o tipo de menino revoltado. É órfão (que palavra feia!) e até pouco tempo passava quase o dia inteiro pichando muro de "gente bacana" e correndo da polícia com as latinhas de spray na mão. Se não fosse seu Messias, dono da mercearia aqui perto, já o teriam levado para uma dessas prisões de meninos pobres. Mas seu Messias gosta dele como um pai. Ele o contratou para trabalhar na mercearia e passou a ir até às reuniões da escola. Aos poucos, segundo me contaram, ele está tirando o Rôdi da rua.

Mãezinha, a senhora deve estar pensando "Por que é que a Cida está tão interessada nesse garoto?"

Me ajuda, Mãezinha! Será que aceito ser alma gêmea dele por um tempinho?

Vou fazer uma lista de pontos positivos e negativos do Rodinei para você me ajudar a decidir!

Qualidades do Rôdi

- ♥ Olhos azuis lindos e jeitinho de filhote abandonado.
- ♥ Ajuda em tudo: carrega peso, lixo, o que for preciso para eu me livrar mais cedo do serviço de casa.
- ♥ Gosta de andar do meu lado, puxando a bicicleta...
- ♥ Desenha que é uma maravilha!

Defeitos do Rôdi

- ✖ Tem passagem na polícia por causa de pixo[1].
- ✖ Fala o tempo todo que o mundo dos ricos é podre!
- ✖ Puxa briga com meninos arrumadinhos na saída da escola. Diz que é "tudo playbinha".
- ✖ Usa um gorro bem encardido e calças sempre sujas de tinta.

E então, Mãezinha, aceito namorar esse "malcriado dos olhos azuis"?

Brincadeira sentimental

Cada letra da palavra SEITA equivale a um sentimento: S quer dizer Saudade; E – Esperança, I – Indiferença; T – Ternura; e finalmente o que mais se espera ao final do jogo: a letra A, de Amor!

Como jogar SEITA – escrever por extenso: o dia, o mês, seu nome completo e o nome completo do seu amado – na linha horizontal. Não pode repetir letra! (Para ficar mais fácil, coloque as letras repetidas na vertical) No final, é só contar as letras que não se repetiram e buscar o número correspondente na SEITA. Quan-

---

1 Pichação. Termo utilizado pelos pichadores.

do o número final for maior do que 10, faça da seguinte maneira: 15 = 1+5 = 6 = Saudade, e assim por diante.

Doze de outubro Maria Aparecida dos Santos Rodinei Maximiliano de Lima

d	o	z	e	U	t	B	r	m	a	I	p	C	s	n	x	L		=	5	A	M	O	R		
d	o		e	U	t		r	m	a	I			s	n		L									
d	o		e				r	m	a	I			s	n											
d	o		e				r		a	I															
d	o		e						a	I															
d	o								a	I															
	o								a	I															
									a	I															
									A																

* Pode ser qualquer dia de qualquer mês em que você queira testar os sentimentos de alguém.

Os desastres de Isadora

Mãezinha, foi só eu começar a namorar o Rodinei para Isadora mudar completamente o jeito dela comigo. Antes nós trocávamos segredos de amigas, agora ela vive ameaçando contar para d. Sônia que estou saindo com um "bandidinho". Por mais que eu explique que o Rôdi está mudando, ela diz que um tipo como ele é uma ameaça para a família inteira.

A Madrinha disse para eu não dar bola às criancices da Isadora. Como criancice, Mãezinha? Ela é mais velha do que eu, e deu para me tratar como se fosse a patroa?

A senhora acha que Isa está com ciúme?

O Rôdi vive metendo na minha cabeça que eu sou muito mais bonita do que elas:

– Não tem comparação, Cida. Não há dinheiro que pinte os olhos mais negros do que os seus, o cabelo mais macio, nem pele mais delicada...

Isadora percebeu que o Rôdi não cai nessa de família-postiça, de quase irmãs. Para ele, servir lanchinho para as filhas do dr. Sarmento desde menina só tem um nome: trabalho infantil.

Eu já expliquei que, se não fosse o dr. Sarmento, d. Sônia e as meninas me aceitarem nesta casa, onde é que eu estaria a essa hora?

– No meu cafôfo – o atrevido responde, tentando me atrair para o quarto dele, no Borralho, a comunidade do bairro de onde vem a maioria das domésticas, porteiros e babás do condomínio.

Não entre aí, Sofia, não prove esses frutos que parecem tão bons, e que nada mais são do que amargos e envenenados. O jardim é o jardim do mal.

Os desastres de Sofia
CONDESSA DE SÉGUR

Vida da empregadinha

Eu devia estar viajando em alguma história da carochinha quando escolhi fazer o ensino médio à noite, longe da casa dos Sarmentos. Passo quase uma hora na van e, ainda por cima, caí numa classe desmotivada, em que quase todo mundo (assim como eu!) trabalha o dia inteiro. Na última aula sobram apenas uns gatos pingados: uma parte corre para casa; outra fica nas imediações da escola – único tempo de sobra para namorar ou jogar conversa fora com os amigos.

Não sei onde eu estava com a cabeça de pensar que ia ser diferente comigo! Cheguei a desenhar numa cartolina e pendurar na parede do meu quartinho:

Às 7h em ponto: servir o café para o dr. Sarmento (se fizer sol, na área da piscina).

Às 9h30min: servir o café para d. Sônia e para as meninas.

Arrumar a casa e ajudar no serviço do almoço.

Terminar o serviço às 14h (em ponto!).

Fazer trabalhos da escola (até às 16h).

Descanso (uhhu!!!).

Às 18h: pronta para sair para o colégio.

Tem dó, Mãezinha, às vezes me sinto a Pollyana, jogando o jogo do contente. Você se lembra desse livro? Da menina órfã que, embora maltratada pela tia, a chata da Miss Polly Harrington, conseguiu amolecer o coração de todos à sua volta e transformar infelicidade em felicidade? Pois é. Um dia acreditei que ia amolecer o coração da d. Sônia. Mas é justamente o contrário. Bastou ela saber que eu ia estudar à noite para me dar uma lista gigante de tarefas. É minha nova rotina na mansão, com um ou outro serviço diferente, dependendo do dia da semana:

Segunda-feira

Andar de baixo

Sala principal: passar aspirador nos sofás, verificar se têm manchas; virar as almofadas de lado; limpar as mesas de vidro e de madeira; passar espanador no bar; limpar mesas e balcões de mármore; varrer e passar pano no chão; limpar o móvel e aparelhos de TV; limpar os enfeites de mesa e os abajures;

Lavabo: lavar a lixeira; encerar a tampa da lixeira e o porta papel higiênico; limpar pia e enfeites; limpar espelhos; trocar as toalhas da pia; limpar vasos e bidê com escova e cloro; varrer e passar pano no chão;

Sala de ginástica: ver se tem toalhas sujas para lavar; varrer e limpar o piso; limpar as mesas, balcão de som, aparelhos de som, mesa de bilhar, sofá e enfeites; limpar com álcool os aparelhos de ginástica; trocar toalha do banheiro; lavar lixeira; limpar pias, vaso e chão;

Hall de entrada: varrer e passar pano no chão.

Andar de cima

Quarto da d. Sônia e dr. Sarmento: afastar todos os móveis e cortinas para passar aspirador e limpar o piso; limpar as janelas, enfeites e abajures, móveis e aparelho de TV; aspirar e limpar com produto de limpeza pesada os tapetes; limpar cadeira de couro, objetos dos criados-mudos, espelhos (dentro e fora dos armários), e maçanetas das portas; esvaziar, limpar o frigobar, e repor; tirar o pó dos quadros; limpar as portas de todos os armários e a cabeceira da cama;

Closet: tirar tudo de cima do balcão para limpar; limpar o aparelho de telefone e o fio;

WC do Casal: lavar o piso; limpar os perfumes e as prateleiras; limpar o balcão da janela, os objetos da pia e os espelhos; limpar os pés da cadeira, o porta-toalhas, o metal do espelho de aumento; lavar as lixeiras; limpar vasos e bidê com escova e cloro; limpar as maçanetas e puxadores do box; o banco e a cadeira; lavar com bucha as portas do box e onde fica o vaso; lavar com escova o chuveiro; repor toalhas;

Escritório do dr. Sarmento: limpar os móveis; bater a manta do sofá; escovar os sofás; limpar balcões e aparador das janelas; limpar os objetos do balcão; passar aspirador e pano de chão no piso. (Não mexer nos computadores, nem nos livros e papéis abertos sobre a mesa);

Hall da escada e escada: varrer e passar pano no chão; arrastar o balcão do hall para limpar atrás; limpar o abajur e enfeites, os corrimões e aparadores das janelas;

Quarto Isadora: ver se precisa trocar a roupa de cama; tirar o pó dos criados-mudos, janela, móvel da TV, cabeceira da cama, quadro e abajures; escovar a cadeira; varrer e passar pano no chão; limpar os vidros de perfumes do balcão;

WC Isadora: limpar espelhos; lavar lixeiras; limpar bancadas das pias e janelas, vasos e bidê com escova e cloro; varrer e passar pano no chão;

Quarto Ariela: ver se precisa trocar a roupa de cama; tirar o pó dos criados-mudos, janela, estantes com espanador, móvel de TV, cabeceira da cama, quadro e abajures; varrer e passar pano no chão; sacudir os bichinhos do balcão para tirar o pó; limpar a poltrona;

WC Ariela: limpar espelhos; lavar lixeiras; limpar bancadas das pias e janelas, vasos e bidê com escova e cloro; varrer e passar pano no chão;

Quarto de Hóspedes: fazer a manutenção uma vez por semana;

WCs corredor: limpar espelhos; lavar lixeiras; limpar bancadas das pias e janelas, vasos e bidê com escova e cloro; varrer e passar pano no chão;

Corredor: limpar aparador e encerar os metais; limpar abajur; varrer e passar pano no chão;

Hall dos fundos e escada: varrer e passar pano; limpar corrimão.

Sonho e realidade

D. Sônia chama os serviços diários que faço na mansão de "ajudinha para sua Madrinha". Madrinha, por sua vez, pede paciência:

– Para conquistar os sonhos, Cida, precisa muita força de vontade!

– Um dia vamos ter uma casa só nossa! – prometo à Madrinha. Planejo uma casa bem menor do que essa cheia de vidros, esquadrias e maçanetas para limpar! Pode ser um apartamento bem iluminado, com flores na varanda, dois quartos e uma sala.

E muitas máquinas: de lavar, de secar, de lavar louça, de cortar legumes, de aspirar pó, e até de varrer a casa sozinha, se possível.

– Prepare-se para ter um cachorrinho... – Madrinha completa, sempre sorrindo. Nos Sarmentos "nem pensar em cachorros emporcalhando sofás e tapetes"; enquanto nós duas, ao contrário, sonhamos com filhotinhos latindo e pulando entre as nossas pernas, como o dos caseiros da d. Sônia, na casa de campo de Teresópolis.

Quer saber? O sorriso da Madrinha é meu elixir de coragem para seguir em frente.

Mas quando chego ao final do dia, hora de colocar o lixo na calçada, e vejo que minhas mãos estão ficando ásperas, e que nem o poderoso creme da Isadora faz essa aspereza passar, então, a magia da Madrinha perde efeito. Penso no que diz o Rodinei. Para ele, Mãezinha, meu mal é acreditar que o jogo do contente da Pollyana funciona!

> *Eu fico contente com quase tudo o que seja "viver".*
>
> *Pollyana*
>
> Eleanor H. Porter

Gosto amargo

Rodinei vive me atormentando: que nunca estou com ele nas minhas folgas, que não passo uma noite fora da mansão, que um cara como ele precisa de uma "mina de verdade"! Fico na maior agonia, Mãezinha, me achando ingênua de pensar que as coisas poderiam ser diferentes. Ainda sonho com o amor delicado, céu de estrelas, pétalas de rosa e essas bobagens todas.

Esse papinho mole do Rôdi, na verdade, esconde o mulherengo que ele é; anda pra cima e pra baixo nas vielas, cada dia com uma garota diferente. Ontem mesmo, Mãezinha, soube que dormiu com a tal da Brunessa "lá no cafofo"! Dá para imaginar a decepção?

Isadora passou o dia comigo, pediu que a Madrinha preparasse um chá especial (bem que alivia o gosto ruim da traição).

Nessas horas de aperto, Isa faz igualzinho a uma irmã mais velha: diz que sou meiga, delicada e que estou perdendo tempo com um "pichadorzinho de rua de dentro". Ameaça tomar satisfação com Rôdi e garante que se o pai dela soubesse dos acontecimentos faria o mesmo.

Fico mais animada de saber que a família também olha por mim.

Medo do futuro

Agora que sou maior de idade, posso fazer da minha vida o que der na telha, como diz a Madrinha. Só não sei bem por onde começar. Dá preguiça ser outra pessoa, longe desta mansão, da Madrinha, e da família Sarmento que, no final das contas, é feita das pessoas que mais conheço neste mundo.

Às vezes me pego preocupada com as meninas, com o problema de saúde de Ariela – que agora deu para comer o dia inteiro, sem controle. D. Sônia reclama da ineficiência das dietas e dos médicos brasileiros, mas continua a dar festas e a trazer comidas e doces para casa, como se isso não fosse despertar mais desejos na filha.

Isadora está sempre fazendo um joguinho para conseguir o que quer. Desta vez é uma viagem para a Itália. Até que o dr. Sarmento libere o dinheiro, curte sua fadiga enorme: dias inteiros esperando telefonemas que a façam levantar do sofá.

Apesar de temperamental, Isa sempre reserva um tempo para me contar novidades, mostrar as compras que faz nas lojas de grife, e de inventar receitinhas light para os nossos lanches da tarde. Combinamos de nunca falar de mim e do Rôdi – pois ela "odeia" o que chama de minha "vocação para menor abandonado".

D. Sônia anda esbaforida, preocupada com o que falta e o que não falta, pois agora inventou de receber amigos quase todas as noites. A mansão se ilumina e os jardins parecem até de mentira de tão floridos.

Dr. Sarmento aprova essas recepções. Acorda bem cedo, ansioso para ver as fotos da família nos jornais do dia.

Durmo cada vez menos por conta das festas que terminam bem depois de eu voltar da escola.

De madrugada, assim que todos vão embora, d. Sônia dá duas batidinhas no meu quarto:

– Maria Aparecida! Maria Aparecida – repete, como se eu não estivesse esperando por essa "hora do pesadelo".

Então, saio como a Cida-Zumbi para limpar cinzeiros, recolher copos, porta-copos, guardar sobras das petisqueiras na geladeira, arrumar o bar, esvaziar baldes de gelo e *coolers*; e dar o que a madame chama de "aquela geral".

Lembranças de Teresópolis

A casa de Teresópolis da família Sarmento é o lugar mais bonito que já conheci: cheira a madeira perfumada, é rodeada de flores, e os passarinhos cantam de um jeito que uma pessoa mal-humorada é bem capaz de dizer que atrapalha o sono de manhã.

Aqui passei muitos dias de férias com as meninas. Eu adorava quando você, mãe, convencia d. Sônia a deixar a criançada dormir junto com a gente, num quarto só, e saía esparramando colchões e fazendo tenda de circo com os lençóis e cobertas.

Ariela fingia ser malabarista e empilhava perigosamente uns enfeites de louça. Isadora botava os pezinhos um na frente do outro, imitando a equilibrista. De repente, elas gritavam:

– Olha a Cida! Olha a Cida!

Eu me enchia de coragem e saltava do balcão mais alto até o chão!

Você corria para me dar bronca e, assim, servir de exemplo às meninas. Mas eu bem via no seu rosto: fingia estar brava quando, no íntimo, admirava minha determinação. Mãe, nós tínhamos nosso código secreto de sobrevivência!

Nas férias, em Teresópolis, os caseiros nos liberavam dos serviços domésticos. Assim, nossa missão era só inventar brincadeiras que mantivessem Ariela e Isadora bem longe de d. Sônia e dr. Sarmento.

– Os pais de vocês precisam descansar – você repetia sempre que elas ensaiavam fazer birra.

Mãe, faz tantos anos que você foi embora. Mas meu coração teima em doer como se fosse machucado recente.

Despedidas

A cachoeira do Frade é generosa: criou, com o passar do tempo, bancos uniformes e banheiras de pedras polidas pelas águas, onde se pode deitar e tomar a maior ducha do mundo. Claro que é impossível se banhar sem estar agarrada como um camaleão à pedra para não ser levada de uma vez pela correnteza.

O impacto da água gelada, o esforço de ficar presa às pedras e água abundante massageando o corpo – tudo isso me despertou uma vontade de gritar bem alto. Primeiro, porque parece bom gritar bem alto quando se está alegre. Depois, porque por mais alto o grito, não será ouvido por ninguém com essa barulheira das águas.

De longe, os Sarmentos caminham com dificuldade nas pedras limosas. Estão rindo à toa. A cachoeira do Frade é uma paisagem monumental: faz qualquer ser humano parecer um bicho pequeno.

Não sei bem porquê, Mãezinha, mas senti que esta é minha última viagem "em família".

Menina dos olhos

D. Sônia passou o dia com enxaqueca, depois da ida de Isadora para a Itália. Dá pra entender, não é, Mãezinha? Apesar de mimada, Isa faz muita falta na vida da gente! Como desde criança detesta ficar sozinha, anda pela casa dividindo os pensamentos com qualquer um que esteja bem quieto no seu canto. Até o dr. Sarmento aceita de bom grado sair do escritório "blindado" para ouvir a mais nova ideia de Isa sobre a moda de vestidos volumosos!

Ariela tem certa razão de se sentir enciumada. Nunca conquistou um lugar de destaque na vida da mansão. Quem sabe agora, na sua nova posição de "noiva" e, portanto, a "primeira a se casar" da família Sarmento, passe a atrair os pais para os seus planos delirantes de enxoval e casamento!

Maria Aparecida, estudante, arrumadeira...

Mãezinha, hoje o dia foi tão cheio que se eu for escrever tudo, vou acabar com as páginas desse diário.

7h

Acordei com o Rodinei me esperando nos fundos da lavanderia. Já disse que é para ele não vir a qualquer hora na mansão, mas ele sempre dá um jeito de inventar que é alguma entrega lá da mercearia do seu Messias. Veio todo animado, me convidando para o evento da *Crew do Borralho* – é o grupo de meninos que, como ele, grafita os muros da cidade com sua arte. Tudo muito lindo, muita agitação pela frente. Mas como é que eu posso deixar a d. Sônia na mão bem no dia do noivado da Ariela?

– Você cola na Ariela, Maria Aparecida. Ela precisa de você! D. Sônia repetiu na minha orelha, por duas semanas seguidas.

Rôdi não entende como eu troco a maior apresentação da *Crew*, no Palácio de Cristal, para ficar em casa "bajulando" a Ariela – a "irmã malvada" que não faz outra coisa senão pisar na *Cida empregadinha*?! Tentei de todas as maneiras explicar como é importante esse dia para a família. Até mostrei o vestido da Isadora que d. Sônia me deu para eu ficar bem bonita na festa.

Pois em vez de se acalmar, Rôdi saiu fulo de raiva, dizendo que não era só o vestido emprestado, mas que toda a minha vida era de empréstimo!

– Me esquece, Cida! – fez questão de dizer bem alto, batendo a porta dos fundos e assustando a Madrinha.

18h

Parece história da Cinderela. Na festa de noivado, um penetra do condomínio resolveu me chamar de princesa e me dar uma rosa! Acredita, Mãezinha? Pena que ele teve que sair logo quando viu o dr. Sarmento me chamar. Nem imaginou que eu só estava lá fora para verificar se havia cinzeiros sujos.

Fiquei plantada na varanda, feliz, admirando meu novo vestido de lantejoulas. Princesa... Eu? Ele, sim, é um príncipe.

19h30

Vida de empréstimo! Vida de empréstimo! Essa verdade bateu muito fundo em mim quando d. Sônia armou a pose da família reunida para o clique do fotógrafo e disse bem alto:

– Estamos nos esquecendo de uma pessoa muito importante entre nós... Sem ela, nossa família nunca estará completa!

Ajeitei o vestido, e cheguei a dar um passo em direção aos Sarmentos, quando madame prosseguiu:

– Maria Aparecida, por favor, pegue o porta-retratos com a foto da Isadora! Como é que a minha família pode ficar completa sem a minha loirinha, não? – Enxugou uma lágrima no canto dos olhos, lamentando a ausência de Isadora que, enfim, tinha arrancado do pai a viagem para a Itália.

O que mais preciso ouvir para entender que sou a "criada", e não a "filha de criação"? Como é que não percebi que o buraco na foto da família nunca será preenchido pela Cida-arrumadeira? Nem pela Madrinha, a mãos de fada na cozinha! Nem por você, Mãezinha – a Dolores dos sonhos de d. Sônia, "a melhor empregada que os Sarmentos tiveram na vida"!

E foi assim, com um nó enorme na garganta, que decidi abandonar o noivado de Ariela e ir atrás do Rodinei, no Palácio de Cristal. Lá, sim, eu podia gastar a sola do meu sapatinho!

21h

Ah, Mãezinha, você ia morrer de vergonha se soubesse que fui parar na delegacia por causa de uma briga com Rodinei! Mas se você conhecesse aquela garota do Borralho, a Brunessa, e visse o jeito que ela tira a gente do sério, ia me entender... Só de lembrar como eles estavam se beijando fico com raiva, com nojo. A senhora sabe que não é a primeira vez que Rodinei trai o nosso amor com essa garota... Parti para cima dela, quase arranquei os "cabelos ao vento". E o pior, Mãezinha, é que, para provocar o Rodinei, beijei um cara totalmente desconhecido – pensando que, só assim, o Rôdi ia experimentar do seu próprio veneno!

Na verdade, despejei a humilhação sentida na festa de noivado, o vestido de lantejoulas emprestado, tudo em cima daquelas pessoas no Palácio de Cristal. Sem noção, Mãezinha, SEM NOÇÃO, me perdoa.

22h

Nem me lembro direito como é que fui parar na delegacia. Minha cabeça girava tanto que eu só repetia para o policial:

– Não sou bandida, sou estudante!

Que nada! No bate-boca, ninguém ouvia ninguém. Duas mulheres gritavam e apontavam o dedo na cara do policial, deixando o delegado cada vez mais furioso.

De repente, estávamos no xilindró. Presas por desacatar o delegado. As duas mulheres, Maria da Penha e Maria do Rosário, e eu: Maria Aparecida. As três Marias!

Primeiro, cada uma no seu canto, remoendo a própria raiva. Mas logo Penha puxou papo até acabarmos em confissões íntimas, como se fôssemos velhas conhecidas. Não é maluco isso, Mãezinha? Num lugar assim a gente descobrir outras Marias vivendo vidas como a nossa: trabalhando em casa de família ou batalhando para realizar um sonho?

Maria do Rosário é um doce. Loira, 26 anos, morou num orfanato até os 10. Foi adotada pelo "Papito" – um cara que simplesmente a adora! É cozinheira de mão cheia, mas sonha em ser cantora e compositora. Faz qualquer loucura para se infiltrar no meio musical e mostrar seu CD. Por isso mesmo foi detida: invadiu o camarim de um cantor famoso!

Maria da Penha, negra, é uma mulher exuberante. Aos 34 anos, carrega a família nas costas trabalhando de doméstica. Foi abandonada pelos pais, com dois irmãos menores para criar. Sustenta um marido folgado por causa do filho. E veio à delegacia dar queixa da última patroa – a famosa cantora Chayene, rainha do eletroforró, que lhe atirou um prato de sopa de cenoura na cara. Corre atrás dos seus direitos, é batalhadora.

Quando as duas souberam que eu também era órfã e dava um duro danado em casa de família desde pequena, sentiram como se a vida tivesse mesmo armado aquele encontro para a gente se unir, se proteger, e preparar uma virada nas nossas vidas.

Rosário é toda mística. Depois que saímos da delegacia, sugeriu um pacto para selar nossa amizade para a vida inteira. Fui logo propondo o gesto e o bordão dos *Três mosqueteiros*: "uma por todas, todas por uma!" Elas acharam graça do meu jeito sonhador. Então, Rosário inventou um pacto pra valer aqui mesmo, nesse mundo real das Marias: "Vida de empreguete, véspera de madame!"

P.S.: Na hora de dormir, o moço loiro, o penetra da festa de noivado, tomou conta do meu pensamento. A princesa e a rosa deixaram para trás Rodinei, Brunessa e a vida de empreguete.

Sem dúvida, não sabeis então que nunca nos veem separados, e que nos chamam entre os mosqueteiros, entre os guardas, na corte e na cidade, Athos, Porthos e Aramis, ou os três inseparáveis?

Os três mosqueteiros
ALEXANDRE DUMAS

Novos plano$$$

Preciso enfrentar dr. Sarmento e d. Sônia e comunicar a eles, de uma vez por todas, meus planos para o futuro. Como é que eles vão adivinhar o que se passa pela minha cabeça? Quero fazer cursinho ($$), prestar vestibular para jornalismo ($$$) – e não ocupar o lugar da Madrinha no fogão quando ela se aposentar ($)!

Dr. Sarmento sempre valorizou títulos importantes! Por que não iria me ajudar nessa batalha? Madrinha pediu que eu tivesse mais um pouco de paciência e que ela mesma ia conversar este assunto com dr. Sarmento. Segundo ela, ainda tem algum prestígio com o Doutor.

Existe príncipe encantado?

Eu era bem criança quando você lia em voz alta, antes de dormir, a história de Helena (um livro grosso, com desenhos de cavaleiros na capa, e as montanhas de Minas Gerais ao fundo. Lembra?). Não guardei quase nada da história; só o grande amor da vida inteira de Helena, o moço alemão chamado Hans. Ela o conheceu por acaso, quando a família se mudou para o Rio de Janeiro.

Por que isto me veio à lembrança? É porque o moço loiro, o mesmo que me chamou de princesa no noivado da Ariela, também é neto de alemães. Não se chama Hans, mas Conrado Werneck. E acaba de chegar ao Rio de Janeiro para morar "bem pertinho da Cida" (no Condomínio Casagrande) e "do coração dela". É o que ele diz. Não é lindo?

Ontem, depois que Conrado me beijou, voltei para casa encantada. Fechei a porta do quartinho e pulei no colchão sem parar, de tanta felicidade, como se eu ainda fosse criança e estivesse me preparando para um grande salto (não, o estrado da cama aguentou firme; não quebrou como a Madrinha, apavorada, logo imaginou).

Conrado e eu estamos apaixonados um pelo outro. Ele é delicado, fino, pratica equitação, e acabou de se formar em Direito.

É cheio de formalidades e até de "bom mocismo" demais para o meu gosto. Quer um exemplo? Faz questão de conhecer a minha **família de criação.** É isso mesmo o que você acaba de ler. Fantasiei a nossa felicidade de tal maneira que acabei inventando essa história de ter sido "criada" pelos Sarmentos. Quer dizer, ele nem sonha com Cida, a empreguete!

Bem, conversamos sobre esse PROBLEMÃO num outro dia. Hoje, deixei só para as primeiras apresentações:

– Esse é o Conrado, mãe. Aceite o nosso amor.

> *No momento estava desempregado, mas esperava qualquer cousa de uma hora para outra. O mais, o que me interessava, completei com a minha imaginação: lindo, inteligente, nobre, capaz de atos heróicos, alma generosa, enfim, tudo que sonhava.*
>
> *Por onde andou meu coração*
>
> MARIA HELENA CARDOSO

Empreguete de carteirinha

Dr. Sarmento e d. Sônia me chamaram no escritório, com ares de conversa especial.

– Precisamos falar do seu futuro, Maria Aparecida – Dr. Sarmento foi direto ao assunto, ajeitando a gravata e ansioso para se livrar daquele compromisso. Calculei que a Madrinha já tinha ido lá mexer seus pauzinhos e, por um instante, achei que o formulário na mesa de madeira do escritório era de um famoso cursinho pré-vestibular.

Ainda não foi desta vez.

Dr. Sarmento me passou vários papéis para eu preencher mais tarde com meus dados. Quando prontos, disse que os enviaria para o contador.

– Agora você é uma arrumadeira de carteira assinada, Maria Aparecida. Passa a ter direitos, mas também deveres conosco – finalizou.

Assenti com a cabeça, sem abrir a boca – até porque a maldita vontade de chorar começou a dar sinais.

D. Sônia não perdeu a oportunidade para dizer:

– Apesar das regras e horários estabelecidos pela Lei, Maria Aparecida, você deve ficar no serviço nas ocasiões especiais. Isso não lhe renderá horas extras: é só uma ajudinha que você continuará a dar para a sua Madrinha. E para nós, que sempre fizemos o melhor por você, pagamos seu teto, seus estudos...

Interrompi a ladainha da madame:

– Não se preocupe, d. Sônia. – E falei qualquer coisa do gênero agradeCIDA:

– O que vocês fizeram por mim nestes anos todos não tem preço.

Antes de sair correndo dali, d. Sônia entregou-me um dos lembretes para ser afixado na porta da geladeira:

No mínimo uma vez por semana:

- ✔ *Limpar lustres, ventiladores, tomadas, interruptores e manchas de paredes e portas.*
- ✔ *Lavar o piso, quinas e paredes de mármore do hall e da escada.*

É carma!

Passei a maior saia-justa, mãe. Estava bem feliz com o Conrado, num barzinho da Zona Sul... Quem resolve dar o ar da graça? Brunessa. Não contente em azedar minha história com o Rôdi, agora parece que resolveu perseguir minha vida. Chegou medindo Conrado dos pés à cabeça, fazendo insinuações para o meu lado, me chamando de *Cida empregadinha.* Sorte que o som estava tão alto que abafou a conversa.

Brunessa bateu o olho na minha bolsa de logotipos, de grife caríssima. Não é boba nem nada. Deve estar imaginando que estou armando para cima do "playboy" – bem do jeitinho que ela faria.

Conrado estranhou:

– Caramba! Como duas meninas, de estilos tão diferentes, podem ser amigas?

Será que ele desconfiou de alguma coisa?

Meu Deus! Aposto que Brunessa vai começar a me chantagear com Conrado! Além de ir correndo contar o que viu ao Rodinei (e para toda a torcida do Borralho).

Salva-Cida!

Mãe, o Rodinei tem razão: sou duas caras, e estou afundando num mar de mentiras.

Não contente com as roupas herdadas de Isadora, ainda dei para usar às escondidas outras preciosidades do armário dela. Faço de conta que estou acostumada aos lugares caros, e até às competições na Hípica já disse ter assistido.

Hoje mesmo, eu havia jurado para minhas novas amigas, Penha e Rosário, que ia contar toda a verdade para o Conrado. Mas diante daquela carinha doce na minha frente, acabei mentindo ainda mais...

Por que fui dizer que os meus **pais de criação** queriam conhecê-lo? A situação ficou insustentável. E agora, o que eu faço? Tenho tanto medo de perder o Conrado! Por favor, me manda uma luz!

Beijo roubado

Maria do Rosário e Maria da Penha estão se tornando mais do que amigas – são quase irmãs para mim. Rosário está trabalhando na casa da ex-patroa da Penha (Chayene, a cantora megera!), acreditando, assim, encurtar o caminho para a gravação do seu primeiro CD; e Penha está feliz com um novo emprego em casa de família boa. Quem sabe, assim, negocia a dívida do seu cartão de crédito que foi parar nas alturas.

Como o serviço das duas fica aqui no condomínio, damos umas escapadas, no meio do expediente, para pôr "nossa agenda" em dia. Ontem mesmo combinamos de ir juntas ao show da Rosário, lá no Borralho. Que voz linda, mãe! Que talento! E, sem querer, descobri uma bomba: o garoto daquele beijo que dei só para fazer pirraça ao Rodinei, no Palácio de Cristal, é ninguém menos do que o irmão da Penha! Minha vontade, mãe, era ser abduzida, como nos filmes de extraterrestre.

Coitado do Elano (ou é Evaldo?). O cara é ainda mais tímido do que eu...

A felicidade existe

Parece até sonho, Mãezinha. O dr. Sarmento e a d. Sônia estão me tratando como filha desde que contei sobre meu namoro com Conrado Werneck. Eles entenderam o amor que sinto e estão me ajudando. Fui franca, dizendo que só menti sobre a minha condição de arrumadeira porque não me vejo arrumadeira nos próximos anos. Que pretendo continuar os estudos, ser jornalista. Que Conrado, sendo filho de um grande empresário da construção civil, o dr. Otto Werneck, poderia pensar que eu estivesse interessada apenas no dinheiro dele. Mas sendo filha de criação da família Sarmento, não haveria por que ter desconfiança. Mostra que também sou uma moça séria, com um futuro pela frente. Só isso. Não que me envergonhasse do meu trabalho, expliquei. Mas porque isto afastaria Conrado de mim.

Dr. Sarmento pediu um tempo para pensar no assunto. Pesquisou a fundo a família Werneck e, depois disso, aplaudiu satisfeito a minha escolha – a tal ponto que pensou em convidar Conrado para trabalhar no escritório Sarmento com ele.

– Por que não? O filho de Otto Werneck no nosso time? – repetia sorridente, imaginando um futuro comum.

D. Sônia, para minha surpresa, ficou emocionada. Entendeu que uma mulher tem direito de lutar por seu amor e por uma condição melhor na vida. E agora, me vendo bem encaminhada (porque namorar o Rôdi, para ela, é total falta de juízo), olhou para mim com uma ternura desconhecida:

– Eu vou ajudar você, Maria Aparecida, a ser a mais adorável pretendente de Conrado Werneck!

– Quando a esmola é demais, o santo desconfia – a Madrinha disse, intrigada com essa boa vontade repentina dos patrões. Deixa a Madrinha pra lá com essas esquisitices. Sempre desejei, no fundo, ser mais que uma empregada nessa casa. De um jeito ou de outro, eles me criaram, pagaram meus estudos, me deram um lugar decente para viver. Ah, eu tô tão feliz, Mãezinha, tão feliz... Se for mesmo um sonho, não quero acordar nunca mais...

A filha da empregada

Senti que não foi nada fácil para o Conrado explicar para a avó dele (o pai, dono da construtora Amaro Werneck, está viajando pelo mundo) que sou a filha da empregada da casa dos Sarmentos. A revelação foi feita bem no meio do jantar de apresentações, com Ariela e o noivo torcendo o nariz por me verem, pela primeira vez, comendo à mesa com eles.

Mas d. Sônia e dr. Sarmento saíram em minha defesa, dizendo:

– Tanto a Dolores como a Cida sempre foram pessoas maravilhosas. É uma sorte fazerem parte de nossas vidas (viu, Mãezinha?).

Para encerrar o assunto, dr. Sarmento ainda frisou, olhando bem para Conrado e a avó:

– O preconceito de classe não combina com valores de famílias como a Sarmento e a Werneck, não é mesmo? – Levantou-se, propondo um brinde!

Como o dr. Sarmento defende bem as ideias. Não é à toa que se tornou um advogado tão brilhante, né, mãe? Graças a ele, as primeiras barreiras do preconceito começam a cair.

Noivos? Como assim?

O maluco do Conrado entendeu aquela alegria dos Sarmentos, no jantar de ontem à noite, como um consentimento para que a gente marque o noivado, no menor tempo possível.

Me chacoalha, mãe, para ver se estou acordada!

**Maria Aparecida dos Santos Werneck.*
Maria Aparecida S. Werneck.
Cida Werneck

Benvenuto!

Por essa ninguém esperava: Isadora chegar assim, de surpresa da Itália, só para passar alguns dias, e matar as saudades. Está linda, namorando um modelo italiano (um gato!) e agora deu para misturar palavras em italiano e português – fazendo todo mundo cair na risada.

Isadora chegou na hora certa de me ajudar a virar a senhora Conrado Werneck!

Verão no aquário

Desde que a Isa chegou da Itália, os dias ficaram animados na mansão. Ao contrário da entojada da Ariela, Isadora ficou amiga de Conrado desde o primeiro oi, como se já se conhecessem de vidas passadas. Hoje até convidou Conrado para um banho de piscina conosco. Imagina só, mãe! Até ontem, eu vigiava o trabalho do piscineiro, sem nem sonhar com um mergulho, no meio da tarde, nesse aquário azul. D. Sônia, acostumada a fazer todas as vontades de Isadora, acabou aceitando o novo trio circulando pela casa: Isa, Conrado e eu.

* *tudo azul/completamente* blue*/vou sorrindo, vou vivendo (Completamente Blue, Cazuza)*

O ciúme de Ariela

Ariela duvidou que Conrado tivesse falado em casamento comigo. Chama Conrado de "caipira deslumbrado" e desaprova o que chama de "farsa" montada pela família. No fundo, é despeitada. Na presença dele, se derrete toda.

Isadora, ao contrário, vê tudo com naturalidade:

– Que família ia dar as costas para um dos maiores partidos do país? – comemorou.

– Que exagero, Isadora! – reagi.

– Como você é tonta, Cida. O pai do Conrado é uma das maiores fortunas do Brasil – revelou Isadora. – E se está falando em casamento, não é porque precisa dar golpe do baú nos Sarmentos. Está atrás do seu amor, Cida, e não de dinheiro.

Quando a gente está apaixonada, tudo é motivo para abalo, mãe. Passei a me sentir ameaçada por todas as meninas ricas, poderosas e lindas do meu Brasil.

Cai o pano

O meu jogo do contente, de me fazer passar por filha de criação dos Sarmentos, se desfez, em alguns minutos, pela mágica de uma foto de celular. Lá estava eu, vestida de uniforme cor-de-rosa, botando lixo na calçada do condomínio. Eu mesma! Eu e a minha carinha de tonta. A *Cida empregadinha,* circulando, de mão em mão, na tela dos smartphones, ao som dos bipes de mensagens instantâneas. "Cida? A gatinha do Conrado?"; "Cida, hum... Que gata de avental."; "Empregadinha dos Sarmentos?".

Brunessa, Brunessa, penetra, piriguete, maldita! Só pode ter sido ela a responsável por ter enviado a minha foto aos amigos de Conrado e aos outros frequentadores da balada mais concorrida da cidade.

Mãe, mal consigo descrever a tragédia!

Quando cheguei (fui mais tarde, depois de um simulado para bolsa no cursinho), Conrado já havia virado alvo de chacota de todos os playboys, menininhas e DJs da balada. Só encontrei desprezo no rosto dele, Mãezinha:

– Não acredito que caí no conto da empregadinha! – atirou na minha cara.

Tentei acalmá-lo, comecei a chorar, a pedir perdão por não ter dito a verdade antes.

– Me esquece, Cida! – gritou, com uma voz diferente, de quem já havia bebido demais.

Isadora tratou de me tirar de lá, me protegendo, e evitando que ele despejasse toda a raiva sobre mim.

Mãe, ele se sente traído! Desde que me conheceu só me viu vestida com roupas de grifes caras, me fingindo de rica e de "filha de criação" da tradicional família Sarmento. Como se sentir de outra maneira se eu mesma, em vez de orgulho, fiz de tudo para apagar a minha história?

E é assim mesmo que me sinto: Cida, a empregadinha golpista.

Amor e posição social

"Esse cara não te merece, Cida" – foi a frase que mais ouvi nos últimos dias. Isadora prometeu interceder para que Conrado reconheça o preconceito e venha me pedir desculpas. Nem adianta eu argumentar que me sinto culpada por ter mentido e acho até natural que ele fique chocado. Isa fica ofendida só de imaginar que ele julgue mal a família dela. Afinal, todos os Sarmentos estão do meu lado.

Penha e Rosário não engolem essa história de que ser arrumadeira possa ser motivo de vergonha ou de separação para um verdadeiro amor. Para elas, lá se foi o tempo em que a diferença social era barreira para o casamento... (Será?).

Sinto que minhas Marias não acreditam na boa intenção de Conrado, nem de Isadora. Para elas, no fundo, ele é só mais um playboy cheio de preconceitos, um boa-vida... e ela falsa e invejosa.

No final das contas, Ariela é quem tem razão: os dias da Cida princesinha estão chegando ao fim. D. Sônia autorizou que a Madrinha visitasse a irmã doente. Viaja amanhã para Minas. Resultado: a casa inteira vai sobrar na minha mão. E mais: sapatos para engraxar e pratas para polir:

– As minhas pratas estão todas olhando para você, Maria Aparecida, implorando por um lustro. Andam tão tristinhas...

Minha filha, como sabe, estes candeeiros são muito caros e só se podem reparar em Inglaterra. Tenha tanto cuidado com ele como com as meninas dos seus olhos...

Diário de uma criada de quarto

Octave Mirbeau

A volta da borralheira

Olha a cena, mãe: lavanderia desarrumada, sapatos recém-engraxados por todos os lados. Estou suada, com graxa na cara, gordura no cabelo.

Pois não é que o Conrado chega para conversar bem neste momento?

Ficou tão chocado com a minha situação, que pareceu arrependido por ter me procurado. (Deve ter sido pressão demais da Isadora).

Primeiro, fiquei ofendida:

– Sou a Cida arrumadeira, com muito orgulho. Mas sonho alto, Conrado... – desafiei, coçando o nariz cheio de graxa.

Depois veio o choro, o pedido de perdão pela mentira e a declaração do meu amor.

Mas Conrado não arredou o pé. Insistia na minha traição.

O clima ficou tão tenso entre nós que Isa sugeriu que conversássemos num outro lugar, outro dia, com calma...

Ela tem razão: Conrado precisa de um tempo. Se falou coisas duras a meu respeito, mãe, sinto que foi só da boca para fora. Ele volta.

Lições de amor

Por onde começo, mãe?

Conrado e Isadora despedindo-se aos beijos, apaixonados, numa das quadras do Condomínio Casagrande. Ou seria melhor assim: Isadora, uma irmã para mim... Isadora, que chorou para que eu não fosse jogada num orfanato... Isadora, minha conselheira, quem diria, roubou meu namorado!

Ou quem sabe: Conrado e Isadora aos beijos. Conrado agora é de Isadora. Não. Isadora ama Conrado que antes amava Cida que ainda ama Conrado. Como ter certeza de ser amada? Que armadilha é essa, o amor, mãe?

Se eu pudesse, sairia para sempre dessa casa!

Negócios em família

Por mais que Rodinei tenha interesse em ver meu romance com o Conrado desfeito, não consegue deixar de ser meu grande amigo. Foi ele quem me abriu os olhos de que a armação na boate só podia ser da própria Isadora – "a irmãzinha invejosa".

Pensando bem, só uma tonta como eu para pensar que Brunessa, com seu suado pré-pago, comprado à prestação, teria acesso aos smartphones de todos aqueles sobrenomes de gente rica. Isadora fotografou e espalhou a mensagem para me separar de Conrado.

Revoltada com a minha ingenuidade, entrei na sala principal da mansão, cega de raiva, a fim de tomar satisfação com a família reunida.

– Bastou eu virar as costas para você armar contra mim e meu namorado, Isadora?

– Que ousadia é essa? – reagiram, quase em coro, dr. Sarmento e d. Sônia, conduzindo-me "imediatamente" até a cozinha para uma conversa reservada.

Ah, Mãezinha, estes dois sabem como ninguém botar as pessoas nos seus devidos lugares:

– Maria Aparecida, todos nós ajudamos você a conquistar esse moço e até nos passamos por seus "pais de criação". Não admito que se comporte desta maneira arrogante contra nós – disse d. Sônia, com ares de assunto encerrado.

Dr. Sarmento não perdeu a chance de repetir a ladainha da "Maria Agradecida":

– Você deve à Isadora ter sido aceita por nós e criada com todas as mordomias nessa casa, e não num abrigo qualquer. Seria uma tremenda ingratidão voltar-se contra ela.

Desencanto

Lá fora, os Sarmentos arrumam a bagagem nos seus utilitários 4x4 a caminho de Teresópolis. Todos sorriem satisfeitos. Foi ou não foi uma missão em família essa de ajudar a filha a conquistar o namorado rico da empregada?

Conrado e a avó seguem com eles. Como ele pode sorrir assim e abraçar Isadora como um antigo namorado? E sem nem olhar para trás, mãe?

Não serei mais a Cida de antes. Não mais a pobre órfã que, em vez de viver a vida, dedica-se a pagar a eterna dívida com os patrões.

Vida de empreguete

A minha decepção com Isadora e a sensação de ter perdido o Conrado pareciam ser a pior desgraça na vida de uma garota. Mas, ao encontrar Maria da Penha e Maria do Rosário, pude entender que a vida é mesmo cheia de golpes – uns mais pesados do que outros. Como saber o que dói mais?

O alívio de Maria da Penha por ter encontrado a dra. Lygia, a nova patroa que lhe emprestou um dinheiro para saldar a dívida do cartão de crédito durou pouco. Hoje foi obrigada a pedir demissão do emprego. Por quê? Porque o cafajeste do marido da doutora anda se engraçando por ela! Em consideração à ela, desistiu de denunciá-lo. No entanto, em vez de ser reconhecida pela atitude, sairá prejudicada. Claro! A madame, sem conhecer a verdadeira razão da demissão de Penha, acusou-a de estar tramando um calote ao empréstimo. Prometeu cobrar a dívida na justiça.

E o que dizer da situação da Rosário? Mesmo alertada do mau gênio da "rainha do eletroforró", pensou que seria mais esperta encaminhando o CD para algum agente famoso. Que engano, mãe. Pois acaba de vender os direitos de sua música para a exploradora, em troca de dinheiro para bancar a cirurgia do Papito. E mais: está devendo uma fortuna por um vaso de porcelana quebrado – outra armação da megera!

Três Marias Empreguetes encrencadas outra vez. Porém, mais unidas do que nunca – até resolvemos passar a noite na casa da Chayene. Eu estava precisando mesmo dormir uma noite fora da mansão. Quando é que terei minha casa?

Vésperas de madame

Rosário encontrou a maneira certa de ir à desforra: sem dramas! Compôs uma música engraçada contando o dia a dia das empregadas domésticas: *Vida de empreguete*. E adivinha de quem ela mais zombou na letra para contar um pouco as mazelas da Maria Aparecida? De Ariela e Isadora: *"As filhas da patroa, a nojenta e a entojada, só sabem explorar, não valem nada"*– diz um trecho da letra, que eu faço questão de cantar bem afinadinha, como nos tempos de coral do colégio.

Rosário foi mais longe ainda. Inventou de formarmos um trio para coreografar e gravar a nova música com ela. Quando me dei conta, estava vestida ora de empreguete – de avental e peruca pink; ora de madame, com coque poderoso, vestido de lantejoula, boá colorido, casaco de pele e salto agulha –, cantando e dançando no estúdio da Chayene.

Enquanto eu tomava esse verdadeiro banho de banheira e de figurino fashion, aproveitei para descontar a minha raiva contra os Sarmentos e esquecer a vida real.

Mas a história não parou aí, minha mãe do céu! A farra foi grande! Um produtor musical, amigo das meninas, aproveitou o fato de estarmos no big estúdio da Chayene para gravar um clipe de apresentação do nosso novo trio musical: *As empreguetes*.

Agora, Rosário está na maior expectativa. Aposta que esta brincadeira vai contar muitos pontos para a carreira dela. Além, é claro, de ter lavado as nossas almas com muito humor e fantasia.

VIDA DE EMPREGUETE

Queria ver madame aqui no meu lugar
Eu ia rir de me acabar
Só vendo a patroinha aqui no meu lugar
Botando a roupa pra quarar.

Duas coisas sobre Elano

Mãezinha, pareço mais acostumada aos sentimentos ruins: traição, humilhação, inveja. Em vez de amadurecer, sinto se formar, com o passar do tempo, uma casca feia e estúpida: a tal da máscara para enfrentar a vida. Será por isso que ainda não escrevi sobre os sentimentos de Elano?

É o irmão da Penha. Anda sempre por perto, dando força para eu construir minha vida independentemente dos Sarmentos. Me emprestou as apostilas do seu tempo de cursinho (é advogado, recém-formado), indicou um lugar para eu prestar simulado e, quem sabe, conseguir a sonhada bolsa para o pré-vestibular em Jornalismo.

Elano também me aconselha a correr atrás dos meus direitos trabalhistas, embora nada vá trazer de volta os anos que passei como arrumadeira, sem carteira assinada, na casa dos Sarmentos. É um idealista, luta por justiça social.

O que mais? É a pessoa mais doce deste mundo, mãe. Perto dele, sinto como se tivesse alguma coisa errada em mim; e que minha presença, em vez de fazer bem – como ele insiste em dizer – só vai trazer dor e decepção para ele.

Já percebi no jeito das meninas, nos amigos do Borralho: todos torcem por mim e por Elano. Finjo que não vejo. Caramba! Ninguém entende que minha vida ainda está ligada à família Sarmento e ao meu amor pelo Conrado.

Só tenho Conrado no coração.

E para você, mãe, não sou capaz de mentir: sinto que o Conrado também me ama. Um dia vou provar isso para todo mundo!

Clipe na gaveta

Quando Elano soube que o objetivo de Rosário era jogar o clipe de *As empreguetes* na internet, como chamariz para sua carreira musical, quase ficou tonto de susto. Explicou que o fato de ter sido gravado na casa de Chayene, a cantora famosa, podia criar um problemão para nós. Ela vai alegar "invasão de domicílio" e sei lá mais o quê.

– Dá até cadeia, meninas! – advertiu Elano. – Vocês já foram parar na delegacia, da outra vez, acusadas de perturbação da ordem. Agora, a coisa pode se complicar ainda mais... – avisou, seguro dos seus conhecimentos de advogado.

Além disso, Penha acaba de ganhar indenização por aquela sopa de cenoura que a mesma megera lhe atirou na cara. Aparecer no clipe seria o mesmo que cutucar a fera para o contra-ataque.

Como diz a Madrinha:

– Mixou o carbureto!

Coitadinha da Rosário, só de pensar que o clipe de *As empreguetes* está condenado a dormir no escuro da gaveta...

Atrás das grades

Casa de Custódia, vestida de camiseta verde e calção de elástico cinza-chumbo, na cela com Penha, Rosário e mais umas doze DETENTAS! Escrevo num bloquinho improvisado, só para não ficar maluca. E para prevenir você, mãe, do que pode acontecer comigo.

Deu tudo errado: o clipe de *As empreguetes* vazou na internet. E isso significa milhares de pessoas vendo a gente zombando das ex-patroas. Pior: Chayene, patroa da Rosário (ex da Penha), está acusando a gente de ter roubado joias da casa dela, durante a gravação do clipe.

Dr. Sarmento, o poderoso "tubarão", advoga pelos interesses da cantora. E mesmo tendo me encontrado na delegacia, antes da transferência para a Casa de Custódia, recusou-se a ajudar:

– Eu sou ladra, dr. Sarmento? O senhor me conhece! – apelei, com medo de ficar mais um minuto naquele lugar.

– A Cida que eu conhecia não infringia a lei, nem desacatava delegado – respondeu, saindo cercado por Chayene e os fotógrafos da imprensa, sem nem olhar para trás.

Então, Mãezinha, cadê a consideração do dr. Sarmento por nós duas, tão proclamada pela Madrinha? Pobre Madrinha, ainda vive no tempo do sinhozinho, dos barões e dos coronéis.

Penitência à vista!

Elano está buscando uma saída legal para essa enorme loucura de ter brincado de madame por um dia! Pelo que nos adiantou, as patroas fazem exigências pesadas para retirar a queixa contra nós:

1. Rosário terá de desfilar de boa amiga de Chayene. A cantora megera precisa aliviar a recém-conquistada má fama de inimiga das empregadas domésticas do Brasil. 2. Penha, coitada, terá de abrir mão da indenização pelos maus tratos que recebeu da dita cuja! Nem chegou a sentir o cheiro do dinheiro! 3. E eu, Mãezinha, calcule a penitência: cumprir um mês de aviso prévio na mansão! D. Sônia, indignada por ver sua família sendo vítima da difamação pública, alegou não poder "ficar na mão", sem uma criada traquejada no serviço, justamente no casamento de Ariela. Sim, Ariela está grávida e o casamento está sendo feito às pressas.

Celebridade instantânea

A primeira coisa que avistei ao sair da Casa de Custódia foi um grafite imenso, assinado pela *Crew do Borralho*, feito especialmente para a campanha: *Empreguetes livres!* Bem alto, ouvi o som da música *Vida de empreguete* e, por um momento, duvidei de que estivesse tocando no rádio – e não nas caixas de som. É verdade, mãe: babás, domésticas, grupos de oração, crianças, amigos do Borralho, todos de avental e lenço na cabeça pedindo nossa liberdade! E a imprensa a postos, com câmeras, microfones, cercando as três Marias.

– Maria da Penha, Maria do Rosário, Maria Aparecida, vocês caíram nas graças do povo – anunciou Elano, puxando o coro de *Empreguetes livres!*

Só depois da explicação de um dos repórteres entendi que o clipe do nosso trio estava batendo um milhão de acessos na internet. *As empreguetes* eram um sucesso instantâneo, com fãs por toda parte, convites para shows, entrevistas e apresentações.

Quem apostaria neste final feliz? Entrei na Casa de Custódia entregando meu relógio e minha medalhinha de Nossa Senhora de Aparecida e saí de lá distribuindo autógrafos, beijos, sob uma chuva de pétalas de rosa. Como entender a vida?

> *Nos piores momentos, lembre-se: quem é capaz de sofrer intensamente, também pode ser capaz de intensa alegria.*
>
> *Aprendizagem ou O livro dos prazeres*
>
> Clarice Lispector

De volta à mansão

Que jeito mais triste de saber do casamento de Conrado e Isadora: entrando na sala, de avental e lencinho, servindo champanhe para o brinde aos noivos. Como pode? Que espécie de jogo é esse? Casar as duas filhas de uma vez só, assim, num passe de mágica? Tudo para abocanhar a fortuna dos Werneck?

Meus olhos nos olhos de Conrado. Ainda teimo em duvidar que ele sinta amor por Isadora. Não sei em que lugar do meu coração há esperança de que toda essa farsa encenada pelos Sarmentos chegue ao fim.

> *– Já sei, ficou noivo na Alemanha! – Sim. (...) – Passaram-se alguns minutos sem que eu dissesse nada. (...) aquilo era um golpe para mim!*
>
> *Por onde andou meu coração*
>
> MARIA HELENA CARDOSO

Os desastres de Isadora II

Não penso em outra coisa senão sair o mais rápido possível desta casa! Estou pagando muito alto a penitência de um mês de aviso prévio na mansão – suportando, resignada, os chiliques de Isadora e o mau gênio de d. Sônia. A patroa, sentindo-se traída pela "Maria Desagradecida" no episódio de *As empreguetes*, não contém mais a língua venenosa:

– Você ainda não entendeu, Maria Aparecida? Homens como Conrado se divertem com as Cidas, mas se casam é com as Isadoras! Você é a filha da arrumadeira, cresceu nessa casa de favor e, na primeira oportunidade, ridicularizou a família que fez tudo por você! Não é moça de confiança!

Estou me sentindo num romance do século XIX, no papel da pobre órfã Rose, em *Oliver Twist*. Sim, a criatura mais resignada da literatura! Recusa espontaneamente a proposta de casamento do sr. Harry Maylie por se sentir indigna dele. Sentia-se marcada por sua origem. Que raiva! Só de pensar que uma garota estúpida como a Isadora conserva essa visão do mundo:

– É para você aprender quem nasceu para ser a sra. Conrado Werneck, e quem nasceu para ser a Cida do Rodinei!

Ontem, não me contive, e desafiei por um momento aquela arrogância cega:

– Repara bem, Isadora, como Conrado me olha! – disse baixinho, apontando para Conrado que me observava insistentemente, enquanto eu limpava o corrimão da escada.

Isa nunca será amada por Conrado, mãe. É um sentimento esquisito de poder. Talvez ódio entrando definitivamente no meu coração.

Empreguetes bombando!

Maria da Penha e Maria do Rosário estão contando os dias para me verem livre das "Sarnentas" – como elas apelidaram as meninas e d. Sônia. Só assim poderei me dedicar mais aos ensaios e me preparar melhor para a quantidade de entrevistas e convites que *As empreguetes* não param de receber.

Nosso primeiro show no Chopeokê, lá no Borralho, sexta-feira à noite, foi um sucesso. Os ingressos esgotaram num minuto, com gente pendurada até na janela!

Nem sei de onde vem essa energia estranha... Mas é só subir no palco para a minha raiva virar pura alegria. O Rodinei diz que arte é isso: um grito preso na garganta.

* Sou a Cida, de *As empreguetes*, coberta de glitter! Recebi de cachê, numa única noite, o que ganho ralando o mês inteiro! Uhuuu!!!

Torce por mim!

Amanhã darei um jeito de escapar da mansão bem cedinho, para gravar com as meninas um café da manhã. Já imaginou, mãe? Sua filha na TV? Logo eu, que sempre fui tão tímida? Tremo só de pensar em ter vontade de fazer xixi na hora H! E a roupa, mãe de Deus? Visto aquela batinha azul com jeans? Ou uso o vestido do meu aniversário com bolerinho de renda bege? Cabelo preso ou solto?

Socooooorrrro! Quero uma consultora de estilo só pra mim!

*Novidade: *As empreguetes* agora tem empresário: Tom Bastos. Não fui com a cara dele (nem com a *balaiage* no cabelo), mas concordo com a Rosário, no "meio musical" melhor lidar com "profissional".

Falta pouco

Mãe, está chegando o dia de viver do jeito que você sonhou para mim: "estudar para ser doutora". Escolhi escrever e ser jornalista e tenho certeza de que você vai aplaudir esse novo caminho.

Penha fez um convite irrecusável para eu me mudar para a casa dela, no Borralho. É apertadinha, mas cabe um mundo de afeto lá dentro. Claro que aceitei, sem pensar duas vezes. A mansão nunca foi a minha casa, e servir no casamento das meninas vai ser a última humilhação que passo aqui.

Barraco chique

Nosso primeiro grande show, com direito a cartaz gigante e neon na porta do Pavilhão do Som, foi emocionante do começo ao fim. É mãe, mais do que os aplausos do público, as lágrimas da Madrinha e o apoio do Rodinei (hoje meu irmãozinho de estrada), tremi mesmo com a chegada do Conrado no meu camarim – olhos cheios de admiração e desejo.

Chegou bem no momento em que eu estava saindo de um forte abraço em Elano. Desde que Elano foi trabalhar no escritório Sarmento, Conrado faz questão de tratá-lo, até nas festas, como subordinado. Isso porque, mesmo sendo noivo de Isadora, não consegue esconder o ciúme por eu estar tão perto assim do "seu assistente".

Para completar o constrangimento, disfarçado pelas gargalhadas e cumprimentos, ainda viria o flagrante da noivinha. Isso mesmo, mãe. Isadora invadiu o camarim, histérica, ameaçando Conrado.

Aproveitei o barraco da herdeira Sarmento Werneck para sair de nariz empinado, como quem está cansada de ser cortejada pelos homens. No fundo, mãe, meu coração pulava e um som repetia: Conrado-me-ama... Conrado-me-ama...

O caso do vestido

Até hoje, eu achava pura bobagem o monte de histórias em torno de vestido de noiva – tem de ser branco virginal, é o vestido da vida de uma mulher. Ah! O noivo não pode ver para não dar azar. Pois a vida prega peças, não dizem? O estilista de Isadora – depois de tomar um cano da noivinha para a terceira prova do vestido – resolveu me usar de modelo para marcar a barra do vestido! Acredita que eu, a idiota da Cida, topei? E ainda confirmei ter a mesma altura dela?

Não precisava passar por essa, mãe: Conrado chegou de surpresa. Ficamos os dois, desconcertados. Conrado me desejando com os olhos.

Azar o dele de ver o vestido da noiva antes do casamento. Azar o meu de ter acreditado. Lembra? O Conrado insistindo para eu ficar noiva?

Morro de vergonha, Mãezinha, de admitir, mas eu queria ser a verdadeira dona desse vestido – e não Isadora.

O gato comeu sua língua?

É difícil aguentar calada as provocações diárias de Isadora:

– Você pode virar cantora, ficar famosa, rica, mas nunca vai deixar de ser a minha criada! – disse Isadora, no quarto, enquanto esperava que eu ainda a ajudasse com os preparativos finais da noiva. Foi mais uma provocação (100 mil!), um teste para os meus nervos (quase arranquei os cabelos dela!), agora que somos inimigas. Vivemos de ameaças e ataques – de um lado e do outro. De nada adianta, não é, Mãezinha? A verdadeira guerra é dentro da gente.

O casamento de Isadora

A entrada da mansão estava enfeitada com arranjos de rosas brancas. Nas mesas de vidro, vasos de cristal com flores também brancas faziam tudo parecer luz e transparência na tarde de céu claro. Mas meu uniforme, escolhido perversamente pela Isadora, era negro – como convinha ao meu coração de luto.

Conrado ainda teve seu último momento de loucura antes do "sim". Segurou-me pelos braços, num canto do jardim, como no dia em que chegou de "penetra" no noivado da Ariela:

– Ainda dá tempo de mudar de ideia... – disse ele, transtornado e suando muito.

– Olha bem para o meu uniforme de doméstica, Conrado! Precisa muita coragem para mudar esse jogo – desafiei.

E assim, o noivo seguiu até o fim o roteiro que lhe foi dado. Se chamam a isso de destino, o de Conrado Werneck também não será dos melhores.

O resgate de Cida empreguete

Rosário, Penha e todos os novos amigos do Borralho, inconformados com a terrível provação que se arrastou até o casamento de Isadora, resolveram bagunçar o mundo solene e envidraçado da nova família Sarmento Werneck. Passaram algumas instruções do que eu deveria fazer apenas horas antes, por telefone. E anunciaram para toda a imprensa a ação, apelidada de *O resgate de Cida empreguete*.

E assim, uma limusine cor-de-rosa invadiu a alameda da mansão, com toda a pompa e circunstância, ao som de *Vida de empreguete*, no último volume. Ao ouvir a música, saí correndo, abandonando o serviço em plena recepção! (A Madrinha estava de prontidão, no portão, com minhas malinhas prontas).

Para escandalizar os convidados, arranquei o uniforme de empregadinha, deixando à mostra o mesmo figurino sexy usado nos shows. Rosário e Penha, vestidas da mesma maneira, vieram ao meu encontro para completar o trio.

Que apoteose! Você nem imagina!

Conrado, de queixo caído, mal conseguia disfarçar o encanto provocado pelo atrevimento da *Cida empregadinha*. Quase autômato, aplaudia no ritmo da música – para desespero da noiva. *Quem dera*, pensei, *ele tivesse tido a coragem de me acompanhar...*

Aos poucos, dr. Sarmento, d. Sônia, Ariela e Isadora foram saindo do meu campo de visão e, por um instante, pensei ter visto uma nuvem sobre a mansão.

Escureceu.

Cida, empreguete

A falta que faz

Estranho como a rotina de escrever no meu diário antes de dormir foi totalmente quebrada com a nova vida aqui, na casa da Penha. Falta tempo para refletir, quieta, com a cabeça no travesseiro só ouvindo o ressonar da Madrinha. Falta o barulho feito pelas máquinas da lavanderia e da cozinha. Falta olhar para o espelho do armário onde ficava seu retrato, mãe. Falta ver os livros surrados da nossa biblioteca na prateleira. Falta o abajur de louça pintado de flores azuis.

Aqui, durmo no mesmo quarto com Penha. A casa é barulhenta, agitada, e o entra-e-sai dos vizinhos do Borralho não para um minuto. É uma alegria dividir o que acontece no dia a dia cercada de gente e de carinho (um lar!). Nossas conversas se estendem até tarde da noite. E, quando me dou conta, o diário está mudo, fechado para as novas emoções de fazer parte de um trio famoso e dessa família numerosa.

Mãe, me perdoa se estou mais habituada a escrever na dor do que na alegria. Esquisito, não?

Desaperto!

Nossos dias de dureza chegaram ao fim. O adiantamento para o grande show de *As empreguetes*, no Pavilhão do Som, e os contratos de propaganda anunciam fartura por várias estações! Tive que me conter para não sair por aí fazendo doações absurdas ou aceitando ofertas de produtos e tratamentos que nem dá tempo de pensar se realmente preciso ou não. Quando vejo, possuo óculos escuros gigantes de lentes especiais para ambientes fechados e uma máscara reparadora para pele envelhecida – ambos inúteis para mim, e caríssimos!

Penso muito na Madrinha, lá na mansão, sem viver nada dessa mordomia de comidas fartas, banhos de loja e horas de cabeleireiro... Ligo para ela todos os dias e ouço, na mesma doçura da sua voz, o intacto desejo de que eu seja feliz.

De certo modo, me sinto feliz, especialmente antes e depois dos ensaios e shows, quando sou reconhecida por fãs pedindo autógrafos. Quanta emoção ver as crianças me rodeando como pombinhos numa praça lotada.

Gastavam sem parar, pois a ocasião igual a aquela, só Deus sabe se poderia repetir-se.

Por onde andou meu coração?

Maria Helena Cardoso

No Jardim dos Capuletos

Estou mais para uma menina de bairro do que para heroína de tragédia romântica, mãe. Por que digo isso? Porque Elano me deu de presente o livro da peça *Romeu e Julieta*, de Shakespeare. Ficou surpreso ao saber que eu ainda não havia lido.

– Justo você Cida – desconfiou. – Leitora desde menina...

Prometi a ele que leria, com atenção especial à página marcada no livro.

Ah... mãe, como odeio mentiras! Claro que sei de cor a passagem em que Romeu declara seu amor à Julieta. Que adoraria ter de volta aquela inocência no coração para receber as mesmas palavras de Elano (ele está louco para me dizer)!

Mas como? Se continuo presa ao Conrado e à família Sarmento, como um coringa, pronto para entrar naquele jogo de ambições, disputas, invejas.

Meu desejo ainda é o mesmo: que o amor tivesse permanecido azul, cheio de harmonia, como naqueles dias de outono. Que folga namorar, tomar sorvete, e mergulhar na piscina bem no meio da tarde!

Paladinas das domésticas

Faz tanto tempo que não escrevo. Até me esqueci de contar que *As empreguetes* acabaram se transformando numa espécie de "paladinas" dos direitos das trabalhadoras domésticas por carteira assinada e por uma condição melhor de trabalho. Algo do tipo: abaixo a geladeira trancada, abaixo a comida e os utensílios em separado; abaixo falta de respeito e jornada dobrada sem extras. E, principalmente, abaixo contar como férias os dias trabalhados na casa de campo da família! Ninguém merece...

Penha e Rosário fazem questão da nossa participação em audiências judiciais, e dão a maior força para movimentos de apoio a essas causas – repetindo o gesto das nossas colegas quando estávamos presas. Viu, mãe, como estamos poderosas?!

Fada

Como será que a Madrinha está se virando na mansão, à mercê dos humores de d. Sônia? Tenho medo de que façam represálias contra ela! A Madrinha, entretanto, não faz outra coisa senão acalmar minhas preocupações, disposta a "aguentar o tranco" até que eu possa levá-la para um lugar só nosso.

Desde que você se foi, mãe, Madrinha é minha Becky. Lembra-se? A ajudante de copeira, protetora de Sara em *A Princesinha*:

única capaz de enfrentar os arroubos de Miss Minchin! (a nossa d. Sônia).

Escrevo no caderno, mato um pouco a saudade, e viro criança por um instante.

> *– Por favor, Miss Minchin... Eu sei que a senhora vai me mandar embora, mas eu fiquei com tanta pena da coitadinha da senhorita Sara... Com tanta pena!*
>
> *A princesinha*
>
> FRANCES HODGSON BURNETT

Anjo mau

Quem podia imaginar, até bem pouco tempo atrás, a minha amizade com Brunessa? Pois então, a garota que eu só conseguia enxergar como inimiga e estraga-prazeres hoje é amiga de trocar confidências. Como pode?

Desde que vim morar no Borralho, passei a conviver quase diariamente com ela, pois vive nos fundos da casa de Penha, num puxadinho, em companhia da tia dela, a Ivone. Passei a ver que a debochada e oferecida Brunessa – à espera de um ingresso milagroso no fantástico mundo dos ricos – não passava de uma *Cida empregadinha*, batendo perna o dia inteiro para arrumar emprego e levando vários "nãos" na cara (nem chegou a concluir o ensino médio).

Tive a ideia, então, de plantar na cabecinha dela que ocupasse o meu lugar de arrumadeira na casa dos Sarmentos. Eu a **recompensaria** por ajudar a Madrinha:

– Cida, você deve estar maluca! Eu, Brunessa de Almeida, trabalhar em casa de família? Fofinha – disse com ironia –, lavar banheiro nunca fez parte dos meus sonhos...

Foi então, mãe, que apontei outras "vantagens" da proximidade com os Sarmentos, num tom malvado, ainda desconhecido para mim:

– Prepare-se para conviver com dondocas, estilistas, modelos de grifes famosas e, quem sabe, fisgar aquele solteiro cobiçado... – provoquei, despertando a aproveitadora adormecida.

Brunessa é esperta. Sabe que não há nada de Cida, boazinha nessa oferta: estou interessada no que se passa com Isadora, Conrado e como toda a família vive sem mim.

– Bem, se for para ser uma espécie de espiã na mansão, e ganhar uns agradinhos da *Cida empreguete*... Então, toca aqui colega! – sorriu, batendo a palma da mão na minha.

Novas acusações

A simples menção do nome de Conrado deixa Elano completamente nervoso. Não apenas por achar que eu deva botar uma pedra nessa história de "preconceito e desamor", mas por achá-lo um "canalha", além de "moleque arrogante".

Elano não se conforma: Como um bacharel em Direito, sem carteira da OAB, torna-se sócio de um grande escritório, do dia para a noite, só porque é genro do dono e filho de empresário milionário?

Mãe, receio pela carreira de Elano. Os dois nunca se bicaram. Mas de uns tempos para cá, não acho que seja só ciúme o motivo dessa intriga.

Realmente, é muito azar ter Conrado de chefe!

Agenda das empreguetes

Café da manhã;

Ensaio para participar do "Melhor de Três", do Programa do Gentil;

Gravação de comercial de sapatos;

Almoço (livre!);

Passadinha no shopping;

Sessão de fotos (?);

Encontro na casa da Rosário (discutir participação no show da Chayene);

Jantar em família na casa da Penha (Elano e eu vamos cozinhar).

Marcar:

Hidratação, mão, pé, depilação (*day spa*);
Ensaio da nova coreografia com o Fly (sexta?);
Almoço com patrocinadores do supermercado Boi Alegre;
Prova de roupa (costureira).

Notícias da mansão

Brunessa volta da mansão cheia de novidades.

Depois da união Sarmento & Werneck, a família está vivendo seus anos dourados: as meninas entram e saem com sacolas lotadas de compras das melhores grifes; d. Sônia estreou um colar de diamantes, presente do maridão. E o champanhe passou a ser servido com muita frequência desde que os dois casais voltaram de lua de mel. Ontem houve até festinha íntima para comemorar o novo empreendimento da construtora Amaro Werneck. Um edifício de luxo que, embora na planta, já tem dono para dois apartamentos de cobertura: os recém-casados (presentinho do pai de Conrado).

Já ia interromper o animado relato, quando Brunessa fez questão de mostrar sua eficiência em serviço:

– Ih, colega, se tu pensa que o romance do teu Conrado com Isadora tava mal parado, então a lua de mel consertou tudo – lamentou. – Os dois vivem de namorinho, felizes, planejando até se mudar para Milão. Conversaram isso em italiano, mas como sou esperta, colega, entendi muito bem.

Tive de amargar, quieta (mas sem disfarçar) a inveja que senti pela felicidade dos dois. Inveja sim, mãe. Porque não é mais o desejo de ocupar o lugar de Isadora – e sim de que ela perca tudo: a alegria de viver, o noivo, o brilho nos olhos, os sonhos de Milão.

Sorte no jogo, Azar no amor

Maria da Penha, Maria do Rosário e Maria Aparecida são as Marias mais desejadas do Brasil. Vestidas nas suas roupas futuristas, azul e prata, parecem heroínas do espaço, saídas de um desenho animado.

Marias Poderosas – no palco!

Quéde o poder das Marias aqui na real?

De volta ao mundo, são três Marias de coração partido. Rosário por ter que escolher entre seu verdadeiro amor, Inácio, e a carreira (o machista não aprova a vida de cantora; ainda existe isso, minha mãe!). Penha, por não conseguir se desligar do ex-marido. Vive correndo atrás de apagar os maus feitos daquele malandro, o Sandro, um tipo que espera levar vantagem, sem fazer esforço.

E Maria Aparecida? *"Porque apareceu na vida."*[2]

---

[2] Trecho da música *Sandra*, de Gilberto Gil.

Declaração de Elano

Como eu já tinha previsto, Elano repetiu, palavra por palavra, a declaração mais linda que uma garota pode querer ouvir:

> *Ela é bela demais pra ser amada e pura demais para esse mundo! Como uma pomba branca entre corvos, ela surge em meio às amigas. Ao final da dança, tentarei tocar sua mão, para assim purificar a minha. Meu coração amou até agora? Não, juram meus olhos. Até esta noite eu não conhecia a verdadeira beleza.*

Claro que fiquei mexida, mãe. Mas sem forças para apagar o passado e receber o amor tão puro de Elano – porque ele é puro demais para esse mundo. A Cida, não. A Cida virou as costas, deixou Elano falando sozinho. Fingiu-se de sonsa, e entrou no carro do melhor amigo de Conrado – cheia de planos para rever o seu ex na balada.

Apesar da fama, do cartão VIP, dos atrativos de *Cida empreguete* sinto como se eu não merecesse mais a verdadeira beleza.

Era vidro e se quebrou

Às vezes esqueço o que representa Conrado estar casado com Isadora! Como esta noite, quando resolvi provocá-lo usando meu melhor vestido de festa; o escarpim de salto imenso enfeitado com vidrilhos; e a minha fama de *Cida empreguete*, que, nos últimos tempos, estende tapete vermelho por onde passo.

Conrado, de fato, reagiu enfeitiçado... Em compensação, mãe, o feitiço também despertou toda a ira de Isadora. E, quando vi, havia caído em mais uma de suas armadilhas: no banheiro feminino, a portas fechadas, senti na pele a fúria da irmã mais malvada de Cinderela. Gritos. Marcas de arranhões. Rasgos no meu vestido.

Saí da festa com o sapato de vidrilhos nas mãos, e o paletó de Elano nas costas, mais parecendo uma garotinha perdida dos pais, no parque de diversão. Sim, Elano me seguiu até a festa e pela *enésima* vez cumpriu seu papel de anjo protetor.

Porém, o anjo está de asa quebrada. Em casa, demonstrou toda a raiva por eu continuar presa à família Sarmento e ao Conrado:

– De uma vez por todas, Cida, aquele playboy só se aproximou de você achando que você era uma Sarmento! Advogar no escritório famoso era o jeito mais fácil de limpar a barra com o pai milionário. Conrado aprontou coisas realmente cabeludas com o pai no Paraná.

Quis saber de onde Elano tirava tantos julgamentos assim do caráter de Conrado. Para minha surpresa, ele assegurou:

– Cida, esqueceu que eu trabalho no escritório Sarmento? O *seu amado* Conrado não presta! – explodiu finalmente, inconformado com a minha cegueira para tudo o que se refere ao amor.

A carruagem voltaria a ser abóbora, os cavalos ratinhos, os lacaios lagartos, e que as suas roupas velhas voltariam à velha forma.

A gata borralheira ou A sapatilha de vidro

CHARLES PERRAULT

Pequenos prazeres

Mãe, confesso que uma das alegrias desses tempos de cartão de crédito estrelado é entrar no provador e sair de lá com roupa escolhida, no tamanho, sem ser herdada de Isadora nem reformada pela Madrinha.

Ixe, se d. Sônia ouvisse uma coisa dessas! Ia contabilizar mais pontos para sua ladainha da Maria DesagradeCida.

Patroas costumam alimentar esse sentimento de ingratidão. Vivem acusando as empregadas: “Que ingratas!” Por que resolvem trocar tudo por um emprego melhor deixando-as “na mão”? “Que ingratas”. Por que, num belo dia, acordam pedindo aumento, segurança e dinheiro vivo – em vez do saco de roupa usada e de “agradinhos”, quase sempre presentes refugados, passados adiante por não servirem mais?

Quantas vezes d. Sônia representou esse papel de “a generosa”:

– Aproveita, Maria Aparecida. Ainda está com a etiqueta! – Empurrando uma touca inútil de nylon rendado, brinde da gerente da loja.

Sei, mãe, que há patroas tão guerreiras quanto suas empregadas; dependem dessa mão de obra para ganhar a vida... Mas talvez nem estas imaginem o prazer que é olhar mil vezes no espelho do provador, dar pulinhos de alegria, pensando: "esses badulaques foram *escolhidos por mim* e estão *novinhos em folha*".

Aposto que Rôdi ia logo apontar o dedo:

– Cida, você está me saindo uma patricinha capitalista, tão Maria Etiqueta quanto Brunessa.

Nada disso, mãe. Fica sossegada. Volto para os estudos assim que a poeira estelar do sucesso baixar.

Solidariedade

Aprendo cada vez mais com Penha. Nos últimos dias, ela mal descansa: está dando uma força na casa da ex-patroa, internada na UTI por uma complicação depois de duas cirurgias no abdômen. Acorda cedo, pega firme no serviço doméstico e, mais tarde, surge nos ensaios de *As empreguetes* com uma alegria contagiante. Penha sabe viver!

Hoje pediu que eu ficasse tomando conta da filha da ex-patroa, a dra. Lygia, enquanto ela revezava no hospital. Confesso que, para mim, não foi nada fácil ver na Manuela, uma garotinha de 9 anos o mesmo olhar aflito, o medo apavorante do abandono.

Ah, se eu pudesse afastar para sempre aquela dor: "Mãe não morre nunca – é a Lei, baixada pelo Poeta".

Fosse eu Rei do Mundo,
baixava uma lei:
Mãe não morre nunca,
mãe ficará sempre
junto de seu filho
e ele, velho embora,
será pequenino
feito grão de milho.

Para sempre
CARLOS DRUMMOND DE ANDRADE

Quatro paredes

Venho percebendo uma estranha movimentação nos últimos dias aqui em casa. Conversas interrompidas entre Elano e Penha; olhares espantados. Cheira a alguma falcatrua no escritório Sarmento. Por que não me dizem a verdade? Desconfiam que eu possa proteger Conrado mesmo se ele tiver cometido algo grave?

Talvez tenham razão em me deixar de fora, mãe. Quem ama faz muitas besteiras...

O duelo

A meu pedido, Brunessa descolou o convite para a festa de lançamento do empreendimento imobiliário do dr. Otto Werneck. No íntimo, mãe, é como se eu soubesse que o espetáculo que se armava – e para o qual eu não havia sido convidada – dizia respeito a mim, e mudaria de algum modo meu destino.

E assim foi.

Canhões de *led* iluminavam o céu. Dava a impressão de que a cidade inteira estava na festa. Nem bem atravessei a alameda principal, percebi a movimentação dos seguranças e de um grupo de pessoas. Elano, transtornado, tinha acabado de dar um soco em Conrado, num duelo aparentemente desigual: de um lado os Sarmentos e dr. Otto Werneck; e do outro apenas o "assistente", com olhos vidrados de fúria.

Mesmo imobilizado por dois trogloditas, Elano insistiu em conversar a sós com dr. Otto e apresentar provas do golpe que dr. Sarmento – com a cumplicidade de Conrado – estaria dando na construtora Amaro Werneck.

Para surpresa de todos, dr. Otto ordenou que Elano fosse solto e o acompanhasse até outro ambiente, longe dali.

Os Sarmentos, alvoroçados, retiraram-se, sem palavras, tentando afastar a curiosidade dos convidados e dos fotógrafos.

Conrado, amparando a boca, visivelmente inchada pelo soco, jogou sua fúria em cima do segurança:

– Estúpido! Imbecil! Como foi deixar aquele bandidinho entrar?

Em pouco tempo, o coquetel foi interrompido. Garçons iam e vinham desmontando mesas e manobristas caminhavam desnorteados com as chaves dos carros, tentando atender à demanda inesperada pela saída. Quando vi, lá estava eu, à espera de Elano, na entrada de um átrio imponente com mobília de showroom.

Conrado chegou, na tentativa desesperada de impedir que o pai seguisse ouvindo as denúncias de Elano:

– Eu posso explicar, pai. A culpa é do dr. Sarmento...

Elano, percebendo minha presença, lamentou:

– Pior do que esta safadeza que você aprontou com seu pai, Conrado, foi o que você fez com a Cida.

Conrado acusou o golpe, baixando os olhos.

Elano prosseguiu:

– Por preconceito e interesse, você trocou a garota que é o sonho de qualquer cara por uma patricinha sem graça! Pelo jeito, você sempre joga fora o que tem de mais precioso. Quem me dera ter a mesma sorte. Eu teria feito bem diferente. Eu teria feito a Cida feliz!

Dr. Otto, que até então desconhecia o meu passado com Conrado, assistia a tudo derrotado e, ao mesmo tempo, aliviado por se ver livre da quadrilha formada ao redor do seu dinheiro.

Conrado ameaçou agredir Elano. Mas ninguém se moveu nem levou a sério aquele falso ímpeto de lutador.

Perdeu, garoto! Desta vez a verdade venceu – pensei, lamentando novamente a covardia de Conrado, e orgulhosa pelas palavras de Elano.

Estou ou não estou Julieta?

Chegando em casa, com sentimentos confusos, de mocinha metida no duelo entre o bem e o mal, me entreguei ao longo e merecido beijo de Elano.

Não, mãe, não era o Jardim dos Capuletos, nem havia escada de cordas sob a minha janela; nem o manto da noite cobria meu rosto. Era a Lua de São Jorge, branca e cheia, unindo os amantes no alto da laje do Borralho.

P.S.: Se a gente mandasse no coração, eu mandaria o meu bater pelo Elano! Quero acreditar que, com o tempo, esse sentimento que tenho – como se ele fosse meu irmão mais velho, meu anjo da guarda – possa se transformar em amor.

Navegar é preciso

Só notícia boa: a ex-patroa da Penha saiu da UTI. Está fora de perigo! Dá gosto, mãe, ver aquele sorriso da Penha de volta.

As empreguetes também estão nas nuvens. Recebemos convite para um tour de dois meses, com uma programação de shows por todo o Brasil. Mãe do céu, para quem só conhece Teresópolis e Aparecida do Norte, é como abrir as portas do paraíso. Viajar é como ler, a gente descobre mundos, sai do figurino apertado, sabe como, Mãezinha?

Quase não acreditamos no dinheiro que o tour vai render. Feito bobas, olhávamos os números e contávamos os zeros para ver se aquilo estava direito. Matemática faz falta.

Bem agora?

Elano e eu nem bem sentimos o gostinho de romance e já estaremos separados por milhas e milhas de distância. Explico o porquê. A coragem de trocar o emprego no escritório Sarmento pelo papel de "paladino da corrupção" impressionou dr. Otto Werneck. O empresário está disposto a investir em Elano como advogado dos seus negócios. E, para isso, convidou-o a acompanhá-lo na próxima viagem à Dubai e aos países onde possui obras em andamento.

Pensando bem, a coincidência vem a nosso favor. Enquanto *As empreguetes* ganham o Brasil, Elano traça novos caminhos profissionais. E ambos cuidaremos do futuro desse quase namoro. Gosto da ideia de namorar à distância, de trocar mensagens bonitas pelo celular, de falar por computador, deixando o tempo correr a seu modo. E, quem sabe, me apaixonar novamente.

Elano, ao contrário não gosta da separação, bem agora, quando finalmente achou uma brecha no coração da Cida:

– Eu tenho medo, Cida, de deixar você sozinha nesta turnê. Vai conhecer tanta gente diferente e, do jeito que você é apaixonante...

– O seu único rival não está no meu futuro. – interrompi Elano – Está no meu passado. E é lá que eu quero que ele fique.

Só uma palavra

Pois é, Mãezinha. Pelo jeito dr. Otto não deixou por menos: denunciou as fraudes do dr. Sarmento. Agora é só esperar para ver o tamanho do estrago! Nem Conrado, nem a avó foram poupados (essa então... foi expulsa do apartamento e está morando de favor na mansão). Pelo que a Madrinha contou, a dupla passa o dia se lamentando por ter se metido com os Sarmentos.

Conrado é muito moleque, fraco, deixa-se levar. Magoado e sentindo-se traído por mim, caiu como patinho nas armações de Isadora e do poderoso advogado, ambos de olho na grana dos Werneck. Sei que Conrado merece pagar pelos seus erros; mas ser deserdado pelo pai não é um pouco de exagero? Ah, mãe, eu mentiria se dissesse que não sinto uma pontinha de culpa.

Caderno de recortes

Desculpa, mãe, por todo este tempo afastada do diário. O que não significa estar longe de você. Isso nunca, mãe (você e minha Madrinha andam coladas em mim).

Nos primeiros dias de estrada, juro que comecei a organizar um caderno de viagens para guardar os endereços, as matérias de imprensa, as fotos com os fãs, os lugares lindos...

Mas foram tantos hotéis diferentes, tantas noites animadas, casas lotadas, seguidos pelo sono e gente falando o tempo todo dentro do ônibus. Conheci cantores famosos que antes páreciam inatingíveis, feitos para viver apenas num pôster, na porta do meu armário. Que nada! Hoje me tratam como igual... (vou ter que interromper de novo)

Criptografia do amor

(...) Com Elano é diferente. A gente se fala horas pelo computador, até perder a noção do tempo. É tão fácil ficar perto dele. Não tem lugar para dor, nem para aquela ansiedade infernal que é o medo de perder o grande amor.

Elano é sereno, me acalma. Mas, ao mesmo tempo, me deseja de um jeito tão forte que desperta fantasias secretas. Criamos códigos indecentes; e rimos muito da confusão que essas palavras inventadas provocam em nós.

Antes de dormir, beijo o travesseiro, e repito para mim mesma muitas vezes o seu nome.

Ama-me. Ainda é tempo. Interroga-me.
E eu te direi que nosso tempo é agora.

Do amor

HILDA HILST

A caminho

Domingo estaremos de volta ao Rio de Janeiro. Cairemos direto no programa de TV mais assistido do país. Mãe, dessa vez levamos todos os prêmios, alcançamos todos os números e – falando em português bem claro – voltamos RICAS! Dá para acreditar?

Festa na laje

Muita coisa mudou depois dessa bolada de dinheiro com a turnê de *As empreguetes*. A casa da Penha foi inteiramente reformada: está linda, mais ampla, com direito a paisagismo e deque com hidromassagem na laje! Nada desse mundo tira Penha do Borralho, e é tanto apego que acabou me convencendo a comprar o apartamento da Rosário – aqui pertinho, onde eu possa começar vida nova com a Madrinha. Gostei da ideia, pois Rosário – deslumbrada com o sucesso na carreira – resolveu se mudar para um apartamento de luxo, no Condomínio Casagrande. De nós três, foi ela quem levou à risca a virada de empreguete para madame!

Mãe, queria tanto que você visitasse o apartamento comigo: é iluminado, com espaço suficiente para Madrinha e eu realizarmos nosso projeto "gatinho, cachorro, papagaio, máquinas de fazer tudo e vassouras com poderes de limpeza". Pena que ainda tem uma boa reforma pela frente. Senão, já teria me mudado.

A casa caiu

Agora, passado tempo suficiente fora da mansão, começo a entender as consequências dos anos de retraimento diante dos desmandos de d. Sônia e do mau gênio das meninas. É como se eu tivesse acumulado tantas palavras não ditas e tantas explosões de raiva (que só aconteceram na minha imaginação) que, diante dessa possível derrocada da família Sarmento, só me restou sentir prazer. Um prazer estranho, pois nada retira a dor de ter sido excluída dos anos dourados.

Prazer, sim, com a possibilidade de vê-los despidos daquela empáfia toda, do esnobismo ridículo. Donos do mundo – isso é o que eles achavam ser.

O bicho pegou

E agora, mãe? O escritório Sarmento fechará as portas, os clientes debandarão. Segundo Elano, dr. Sarmento deve perder o direito de advogar.

Quéde os cartões de crédito pré-aprovados? *Quéde* o séquito de empregados para limpar o serviço sujo que eles fizeram na empresa do dr. Otto?

Conrado, a avó, e os Sarmentos passam o dia escondidos na mansão, assustadiços a cada toque de telefone – com medo de enfrentar os repórteres da imprensa, bolando novas mentiras aos cobradores e desculpas esfarrapadas para comprar fiado na mercearia do seu Messias, no condomínio.

Brunessa é camaleão: ora arrumadeira, ora copeira, se vira até de manicure das Sarnentas. Mas arranjar comida para o café da manhã? Aí não tem acordo!

– Olha, colega, já dei um chega pra lá na madame Sônia. Se ela não me liberar uns presentinhos de grife pra compensar o atraso no salário, fico nem mais um dia – anunciou a "espiã", dando sinais de que nossa combinação está chegando ao fim.

Pobre Madrinha! Nem o salário em dia recebe. Já disse a ela que posso pagar o melhor hotel do mundo e tirá-la de lá. Ela, no entanto, prefere esperar pelo novo apartamento. No fundo, está com dó de Ariela, grávida, num momento tão adverso...

– Pai rico, filho nobre, neto pobre – lamentou Madrinha, confirmando as leis da vida real.

Vida de empréstimo

Cada vez que conto novos lances da novela *A casa caiu* (como apelidei, de brincadeira, a derrocada da mansão dos Sarmentos), com ares de deboche e desinteresse, Penha volta a me recriminar:

– Esquece essa gente, Cida! Fica longe disso tudo, menina!

Será que Penha tem razão, Mãezinha? Que mesmo longe daquela casa continuo vivendo a vida deles?

Palavras cheias, palavras vazias

Depois do lindo show de *As empreguetes* para as crianças do orfanato onde Rosário viveu até os dez anos, passei o resto do dia respondendo mensagens das minhas fãs por todo o país. Elas jogam flores nos shows, gravam vídeos com as coreografias do trio; imitam roupas, gestos... Dizem que sou a mais "meiga" e "doce" de *As empreguetes*.

CHALALÁ

Juntos letra e melodia vão criando a magia
que eu nasci pra viver
Chalalá chalalá chalalá
A tristeza vai embora perco a noção da
hora quando canto com você
Chalalá chalalá chalalá

Mãe, nem sei se mereço esse lugar no coração delas, nem palavras tão cheias de carinho. Bem diferente da mensagem enviada hoje à tarde pelo Conrado. Estava escrito: "*Saudades, Cida.*"

SAUDADES? Posso saber de QUAL CIDA?

A garota que morava de favor na mansão dos Sarmentos ou a *Cida empreguete*?

É muita cara de pau!

Nos muros da cidade

Os grafiteiros da *Crew do Borralho* não deixaram por menos os crimes cometidos pelo poderoso advogado, o tubarão dr. Sarmento contra a empresa de Otto Werneck. A imprensa noticiou que a cada dez andares construídos pela Amaro Werneck, dois iam parar nos bolsos do dr. Sarmento, do filho Conrado e de um comparsa da firma, um tal de Rebello. Rodinei liderou os protestos para todo mundo ver – tanto nos muros do Casagrande como numa performance feita na própria mansão: VERDE É O DINHEIRO DO POVO, MARROM É CORRUPÇÃO, XADREZ PRO TUBARÃO!

O spray é a arma de Rôdi.

Mãe, você ia me achar muito "convenCIDA" por imaginar que Rodinei também está descontando os anos que passou comigo, assistindo de perto aos desmandos dos Sarmentos contra a empregadinha?

Desandou o merengue

Mãe, enquanto a maioria das pessoas aprende a falar, eu levei a vida inteira aprendendo a ficar calada! Pior: a engolir choro, sapo, e a amargar uma bruta dor de estômago pelo resto da eternidade. Não é exagero, não. Hoje, por exemplo: *As empreguetes* foram gravar um quadro de culinária na TV – num programa de celebridades. O combinado era prepararmos um menu completo:

eu ficaria responsável pela confecção da entrada (tapioca com parmesão); Penha, o prato principal (bobó de camarão); e Rosário finalizaria com uma sobremesa deliciosa (merengue de frutas vermelhas com calda de chocolate amargo).

Quando íamos assumir o fogão, Penha foi surpreendida pela notícia de que o filhinho dela, o Patrick (pra quem prometi namorar quando crescer!), tinha sofrido uma contusão jogando futebol lá na quadra do Borralho. Pra variar, o ex não tomou conta direito do moleque.

Bem, não é a primeira vez que surgem esses imprevistos familiares obrigando Penha a deixar *As empreguetes* na mão. Nessas horas, a Cida aqui põe panos quentes para acalmar Rosário que, com certa razão, acha que nunca seremos empreguetes profissionais!

Dessa vez, enquanto durou o impasse de Penha – ir ou não para o hospital socorrer o filho –, Rosário chegou a concordar em gravar tudo sozinha. Quer dizer: na hora do vamos ver, deixa a Cida de fora?!

Depois de muitos acertos com a produção do programa (e eu lá: horas de pé, calada, olhando para uma tigelinha de farinha de goma molhada e para outra de parmesão), o combinado original voltou a valer. Penha, graças a Deus, resolveu toda a situação por telefone. O trio pôde, enfim, assumir a cozinha do estúdio.

Ah, mãe, mas a festa acabou! Nada conseguiu desfazer o clima pesado entre nós. Penha até derrubou os camarões. E eu, então? Posei com a maior má-vontade, lavando frutinhas, enquanto Rosário dizia para tudo:

– Hum... delícia!

Confissões

Uma coisa é receber mensagem no celular. Outra é dar de cara com Conrado na joalheria e vê-lo pressionando a vendedora para devolver o dinheiro de um relógio de ouro comprado nos tempos de fartura.

Quando me viu, ficou desconcertado. Ah, Mãezinha, quando meus olhos encontram os dele só vejo um garoto acuado, com medo de levar a pior. Vejo olhos cheios de encanto por mim – a Cida, a Cida de sempre; e também pela *Cida empreguete*, elevada a celebridade relâmpago e cortejada por todos na joalheria.

Confesso que um lado meu gostou de estar por cima, comprando brinco de ouro enquanto ele vendia o relógio (o mundo dá voltas). E outro lado, o do coração, teve de se conter para não fazer uma besteira. Ainda bem que Elano chega nos próximos dias. Assim, me sentirei mais forte para enfrentar essa história.

Roupa de "Brutique"

Acredita que Brunessa deu a volta na madame? Trocou seu antigo lugar de empregadinha na mansão por vendedora de roupas seminovas das Sarnentas! Isso mesmo, mãe. Abriu nos fundos do puxadinho o que ela chama de *Brutique* – onde estão à venda lingeries, bolsas, acessórios, vestidos, saias e blusinhas das melhores grifes, saídas direto dos guarda-roupas da mansão. Um percentual do dinheiro arrecadado volta para a bolsa de d. Sônia – que ela faz questão de chamar de "sócia".

Feliz com o sucesso das vendas, já está pensando até em expandir o negócio. Quer tornar-se uma espécie de "revendedora de luxo" para outras madames do Condomínio Casagrande que estejam vivendo momentos de aperto, ou que preferem ter algum lucro com suas roupinhas de etiqueta em vez de passarem adiante, quase novas, para os "mal-agradecidos" empregados da casa!

A revelação

Passei a noite inteira em claro, ainda sob os efeitos dos acontecimentos de ontem.

Não gosto de remexer coisas do passado, nem julgar quem quer que seja pelo que não testemunhei. Menos ainda julgar você, que é a pessoa que mais amo neste mundo!

Por que digo isso, minha mãe? Porque a notícia caiu como bomba sobre mim: Dr. Sarmento é meu pai. Eu, a Cida dos Santos agora sou Cida Sarmento. Irmã de Ariela e Isadora?

Pois é o que diz o exame de paternidade encomendado pelo dr. Sarmento, usando fios dos meus cabelos deixados numa escova, e entregues a ele pela Madrinha (pelo jeito, ela sempre soube muito mais de mim do que eu mesma).

Enquanto tento entender aquela estranha visita do dr. Sarmento – sofro de realidade. Porque, apesar das nossas conversas imaginárias neste diário, a realidade é que você está morta. Não pode me amparar agora, nem responder às minhas perguntas sobre o que possa ter acontecido antes do meu nascimento.

Tento repassar todo o fluxo de imagens que me vêm à cabeça. Primeiro, dr. Sarmento batendo à minha porta. Eu estava no novo apartamento por acaso, só esperando chegar uns materiais de construção para a reforma. Dou de cara com aquele homem desalinhado, com aspecto engordurado e hesitante. Nada em comum com o dr. Sarmento com quem convivi: um homem implacável, sempre vestido com ternos bem cortados, sapatos italianos, camisas feitas à mão, e nó Windsor nas gravatas.

Depois, aquele monte de falas lamuriosas:

"Eu vim aqui pra abrir o meu coração pra você, Maria Aparecida."; "Maria Aparecida, sua mãe e eu, uma única vez, eu não poderia ter voltado às costas a isso, minha filha..."

E, finalmente, o Sarmento falido, de joelhos, pedindo perdão à filha legítima criada na própria casa como arrumadeira:

– Me perdoa, filha. Por não ter procurado investigar a paternidade antes. Perdão por ter aceitado a versão de Dolores de que você era filha do Santos, o motorista. Por todo esse tempo em que deixei que fosse criada como órfã quando, na verdade, seu pai estava ali, tão perto de você.

Dr. Sarmento não parava de se explicar e de se queixar por ter sido abandonado pela mulher e pelas filhas legítimas no pior momento de sua vida.

Como no dia em que você morreu, Mãezinha, aquilo tudo parecia um transe. Eu só queria a minha Madrinha. A Madrinha. Só ela poderia confirmar a história.

E quanto àquele homem, eu o desejei bem longe das minhas vistas. Parecia mais velho, ofegante, chorava – mas sem derramar lágrimas.

Foi o que fiz. Pedi que ele saísse. Em troca, dr. Sarmento me fez prometer uma resposta sobre o pedido de perdão. Disse que esperaria o tempo necessário, numa pensão, ali mesmo no Borralho. Só voltaria de novo à mansão caso eu o acompanhasse, assumindo, enfim, o lugar que me fora roubado até então.

O pacto

A Madrinha veio em meu socorro, a pedido de Penha – que chegou pouco depois da saída do dr. Sarmento, preocupada com meu atraso para os ensaios de *As empreguetes*, e das tentativas inúteis de retorno das mensagens para a caixa postal do celular.

Chorando como uma garotinha de 12 anos, ouvi a confirmação da Madrinha sobre a dúvida que havia em torno da minha paternidade.

– Mas então, esse tempo todo, a senhora sabia dessa possibilidade, Madrinha?

– É, minha filha, acabei concordando com o dr. Sarmento: estava na hora de botar um ponto final nessa suspeita que tanto atormentou a vida da sua mãe.

– Por que a senhora não me contou antes? – insisti, tentando adivinhar o que se passava na cabeça de Madrinha.

– Eu jurei pra sua mãe, Cida, que não falaria uma palavra disso até você fazer 21 anos. Sua mãe imaginava que, sendo mulher feita, você haveria de entender as razões dela. A Dolores amava demais o Santos, filha...

Mãe, como é que pode? Morrer sem saber quem era o verdadeiro pai da sua filha? E o pobre do Santos? Morreu sem...

Bem, não vou adiante. Prometi não julgar. Nunca saberei o que se passou na sua cabeça, nem no seu coração. Essa é minha dor.

A volta por cima

Está decidido, mãe. Volto para a mansão até o apartamento novo ficar pronto. Aceitei a proposta de entrar lá e de ser apresentada à d. Sônia e às meninas como filha biológica do dr. Sarmento. Se tenho os mesmos direitos de Isadora e Ariela, por que deixaria de entrar na mansão pela porta da frente, ao lado do meu pai?

Penha sentiu um enorme desgosto de me ver arrumando malas, e chamando "o corrupto do Sarmento" de pai:

– Voltar para casa dos Sarmentos?! Ficou louca, Cida? Vai fazer o que naquele ninho de cobras?

– Preciso entender melhor meu lugar no mundo, acertar as contas com o meu passado – respondi, sem vontade de ouvir mais nada.

Mas Penha insistiu, chamando a minha atenção para o súbito arrependimento:

– Ué? Por que só agora que esse homem tá falido, e tu tá bem de vida, ele resolveu desencavar essa história? Abre o olho, Cida! Você comeu o pão que o diabo amassou naquela casa...

– Mas essa é a melhor parte – respondi. – Agora eles estão por baixo e eu estou no topo. Quem perderia a chance de dar a voltar por cima?

Nunca mais vou esquecer o olhar de decepção da Penha.

– A vingança é um jogo perigoso, Cida. Não vai apagar as humilhações, nem os anos que tu trabalhou de arrumadeira na casa do teu pai.

> *(...) um mundo de ódios disfarçados, de invejas concentradas e de vinganças futuras...*
>
> *Diário de uma criada de quarto*
>
> OCTAVE MIRBEAU

A casa caiu (outra vez)

D. Sônia teve que ser amparada pelas meninas, genros e agregados, tantas foram as ameaças de desmaios e demonstrações sentimentais antes consideradas por ela mesma de "mau gosto".

Reconheço que havia motivos de sobra para o descontrole. Além de a *Cida empreguete* surgir como fantasma na vida da madame, quando ela ia pensar na traição do marido com a empregada da casa? Desculpe, mãe, mas julgo que o desespero maior não era o fato de sentir-se traída – mas pelo fruto da traição. A poderosa Sônia Muniz Lyra Sarmento está vendo todo o seu patrimônio (bloqueado pelo processo movido por dr. Otto) tendo de ser dividido com a empregadinha!

– Que desgraça! Que inversão de valores! A filha da empregada é uma Sarmento!

Natural que Isadora também reagisse como se tudo – desde a minha concepção – tivesse sido tramado apenas para agredi-la. Vendo o mundo do próprio umbigo, só conseguia repetir:

– Não, eu não vou aceitar isso! Não vou ficar sob o mesmo teto da bastarda (outra palavra feia!)!

Conrado não conseguiu disfarçar uma estranha cumplicidade. Num meio sorriso, revelava todo o cansaço de conviver com aquela família falida: a mulherzinha histérica, a sogra desfalecida, o sogro de pijamas. Para ele, uma agitação nova quebrava de vez o tedioso cotidiano de portas e cortinas fechadas: Cida.

A nova ordem

A minha chegada à mansão representou um verdadeiro tsunami: a Madrinha e eu ocupamos o quarto de hóspedes, na ala superior. Espaçoso, conservado por mim mesma durante os últimos anos: cortinas amarelas, móveis bem lustrados, maçanetas enceradas uma vez por semana.

Abri a janela, olhei os jardins conhecidos palmo a palmo, a piscina azul. Estou em casa!

Quanto à Madrinha, não fazia o menor sentido mantê-la nos serviços domésticos. Por isso, tratei de contratar a Neiva, uma nova empregada. Dei ordens expressas para que não passasse serviço para a Madrinha e que também não arrumasse os quartos da madame, nem o de Isadora. A exceção ficou para o de Ariela, pois, além dos cuidados dispensados ao bebê recém-nascido (meu sobrinho!) é a única a contribuir nas despesas da casa com o salário do marido.

Mandei reabastecer a despensa, repor bebidas nas geladeiras de quarto; negociar a dívida com a mercearia, consertar encanamentos da cozinha, limpar a piscina, manter a diária do jardineiro. Enfim, a mansão quase voltou à antiga rotina.

Meu pai faz questão de agradecer a cada boa-nova, despertando em mim um sentimento desconhecido – o da filha favorita! Mãe, desconfio que recomeço o *jogo do contente da Pollyana.* Assim como ela fez com a irascível Miss Polly Harrington e com todos a sua volta – sinto amolecer, aos poucos, o coração do poderoso dr. Sarmento:

– Quando eu ia imaginar uma filha me servindo lanche no quarto? E justamente quando todos da família me viram as costas? – reagiu surpreso à bandeja que levei ontem à sua cama. – Obrigada, filha – repete dr. Sarmento, constrangido, tentando se ajustar à nova roupa de general aposentado, com a pressão nas alturas.

Acerto de contas

Nem por um segundo Elano aceitou a versão de que dr. Sarmento esteja arrependido de seus erros do passado. Também não aprova qualquer espécie de "vingança pelas próprias mãos" ou acerto de contas que eu pretenda fazer.

Para ele, injustiças são reparadas pela força da lei. Processar a família Sarmento pelo tempo em que trabalhei como arrumadeira e buscar meus direitos como filha legítima são, segundo Elano, as únicas providências a tomar – e bem longe daquela casa.

Quanta tristeza, mãe, quanta infelicidade senti nas palavras de Elano:

– Cida, cansei de tentar abrir os seus olhos. Se você quer se enganar, vá em frente. Mas a mim você não engana mais – avisou, deixando transparecer no rosto a enorme decepção.

Confesso que vi em Elano a mesma dureza que, aos poucos, cobre um coração machucado. Elano já me conhece o suficiente para saber que essa volta à mansão esconde outro desejo: provar a todos que é a mim que Conrado ama.

Quando se ama não é preciso entender o que se passa lá fora, pois tudo passa a acontecer dentro de nós.

A hora da estrela

CLARICE LISPECTOR

Por um triz

Faz dias que não toco no diário. Ficou mesmo difícil conciliar a agenda apertada de ensaios, entrevistas, sessões de fotos de *As empreguetes* com a "guerra fria" da mansão. Por pouco, mãe, quase deixei as meninas a ver navios no show de Recife! Dá até um arrepio só de pensar que nossa apresentação ia ser cancelada, ou que teriam que improvisar uma substituta para cobrir minha ausência. E tudo por culpa da Isadora! Só pode ter sido dela a ideia de dispensar o motorista da produção e ainda roubar meu documento de identidade da bolsa.

Fui obrigada a tomar um táxi e, minutos depois – quando dei por falta do documento – voltar à mansão, colocando a trupe inteira de *As empreguetes* num estado infernal de ansiedade – pois já não havia mais tempo de alcançar meu voo.

Só pode ter sido ela! Como é que uma carteira de identidade ia sumir daquele jeito?

Mas o feitiço virou contra o feiticeiro. Vendo meu desespero, Conrado não só me deu carona até o aeroporto, como me ajudou a fretar um jatinho (sim – um jatinho! Uma fortuna paga do meu próprio bolso!) e me deu força até a hora do embarque.

Cheguei em cima da hora para o show, recebida com uma enxurrada de palavras duras das meninas – Rosário, repetindo a tal da "falta de profissionalismo", desconfiada de que minha cabeça anda mesmo presa à mansão. Mas Penha, sem meias palavras, foi direto ao ponto.

– Olha, não tenho nada com a tua vida, Cida. Mas ficar de chamego com aquele Conrado que, além de golpista, inda por cima é casado com tua irmã?!

Só então atinei para as fotos que já circulavam num blog de celebridades com a chamadinha picante: *Cida empreguete se rende a Conrado Werneck*

– Que absurdo! – disse, fingindo indignação quando, no íntimo, senti o coração bater mais forte.

As promessas de Conrado

Tento escapar das investidas de Conrado – especialmente quando estamos na mansão, os dois, na frente de todo mundo. Mas ele me surpreende a cada dia não só pelas mensagens de afeto no celular, pelos insistentes pedidos de encontro, mas pelas últimas atitudes – antes impensáveis para alguém orgulhoso como ele. Empregou-se como vendedor numa loja de sapatos, num desses shoppings de luxo em que vendedores saem de famílias ricas e tradicionais. Só para me impressionar? Acho que sim, mãe. Viver de salário de vendedor de sapatos é uma grande prova de que está disposto a mudar para reconquistar a minha confiança.

Está feliz, empreguete?

Verdadeiro escândalo noturno, mãe. Isadora me pegou com o Conrado, na sala da mansão, como dois adolescentes, num beijo apaixonado. Como seria engraçado poder voltar no tempo e aquele beijo ser só mais um beijo entre dois namorados: Cida e Conrado, na casa da família de criação, sob as bênçãos de todos.

Mas só um super-homem muda o curso da história. Um único beijo, dado às escondidas, por um ímpeto de Conrado, tornou-me Cida, A MALVADA, ladra do marido da irmã.

Claro que, em segundos, acordados pelos berros de Isadora, todos surgiram na sala principal, num festival de pijamas, camisolas, cabelos desfeitos e rostos amassados pelo sono. Na berlinda, mais uma vez, Cida: "a bastarda indesejada".

Aproveitando-se da gravidade do momento e da família reunida, Conrado tomou para si toda a responsabilidade pelo acontecimento:

– Eu beijei a Cida de surpresa, foi um impulso. Porque sou completamente apaixonado por ela. Sempre amei a Cida. Vocês todos sabiam disso – disse, encarando especialmente meu pai e d. Sônia. – Mas fui preconceituoso, não tive coragem e não fui homem o bastante para assumir o que sentia.

– Conrado?! – Foi a única reação de Isadora, arrependida por não ter medido as consequências de mais um dos seus "desastres".

– Eu tô saindo dessa casa e tô me separando de você – completou, dirigindo-se à Isadora.

Depois de ouvir a batida da porta do quarto no andar superior, onde Conrado começava a arrumação das coisas pessoais, Isadora não perdeu a chance de envenenar meu coração:

– Está feliz, Empreguete? Pois no seu lugar eu não ficaria. Não por muito tempo – desafiou, com ironia. – Conrado é dissimulado. Você nunca vai saber o que realmente sente por alguém. Ele só ama a si mesmo e à *avozinha querida.*

Sem reagir às palavras de Isadora, subi as escadas como um autômato.

Mãe, a minha felicidade nunca estará completa? Ao mesmo tempo em que a declaração de amor de Conrado resumiu as palavras que mais desejei ouvir, por que tem que ser assim? Isadora ser minha irmã, Elano sofrer por eu continuar presa a um amor do passado, e meu pai o homem que metade do país quer ver atrás das grades?

Não dá para ser feliz assim.

Numa pensão do Borralho

Resolvi dar uma nova chance ao Conrado. Ele está morando com a avó, num quarto de pensão no Borralho: é o que o salário como vendedor de sapatos pode pagar. Além disso, alugou o cavalo sela francês para completar o orçamento.

Deixou para trás a vida de playboy às custas do pai milionário. E toda essa mudança radical para quê? Conrado garante que foi para trazer "a sua Cida" de volta.

Então, aqui estou: volto a ser Cida, namorada, tentando retomar nossa história do ponto em que foi interrompida.

Mas, como nada é perfeito na vida, Mãezinha, confesso que as palavras de Isadora não me saem da cabeça. Será que eu estou fazendo a coisa certa?

Acabou a brincadeira!

A vida na mansão, depois da saída de Conrado e da avó, ficou insustentável. A cada dia encontro sinais de represálias por ter "roubado" o marido de Isadora. Primeiro foram meus vestidos, picados manualmente à base de fúria e histeria, como se deixando Cinderela vestida de trapos trouxesse o príncipe de volta.

Depois, uma verdadeira fortuna consumida no meu cartão de crédito. Acredita, mãezinha, que d. Sônia e Isadora foram capazes de comprar em meu nome – até mesmo joias de valor – depois de surrupiarem cartão e senha?

O correto, se eu fosse seguir os conselhos de Elano e dos meus amigos do Borralho, teria sido jogá-las na cadeia para que pagassem pelo crime. Do mesmo jeito que me jogaram quando se sentiram ofendidas pelo clipe de *As empreguetes*.

Mas, a pedido de meu pai (eu não consigo contrariá-lo), desisti de denunciá-las à Polícia. Resolvi castigá-las de outra forma: dispensando a Neiva, a empregada da casa; o jardineiro, o limpador da piscina. Sim. Para d. Sônia Muniz Lyra Sarmento e sua filha Isadora Muniz Lyra Sarmento o que pode ser mais "humilhante" do que limpar a própria sujeira?

Ridículo vê-las implorando para que eu releve o furto do cartão como se fosse uma brincadeirinha entre amigas! Fazer café, fritar ovo, limpar o vaso do banheiro, lavar as próprias calcinhas. Para elas, é castigo em alto grau. Quantas vezes ouvi d. Sônia dizer às amigas:

– Tirar férias dos serviçais? Nem pensar! Desde Adão e Eva que os Sarmentos não vivem sem empregados!

Mãe, você ia se divertir (ia mesmo?) vendo as duas baterem cabeça na mansão, sem nem saber a diferença entre um litro de água sanitária e um de cera incolor! Quem sabe, depois disso tudo, elas aprendem a dar o valor que o trabalho doméstico merece!

Comemoração

Fui eleita *A garota Cheia de Charme* do ano! Claro que me senti vivendo o roteiro das nossas brincadeiras de menina, quando desfilávamos para o concurso imaginário de "quero ser estrela de rock".

O dia foi assim: tapete vermelho, ares de Hollywood, fotógrafos à porta da mansão.

Madrinha coloca as mãos para o céu e agradece a cada prêmio que recebo, como se fosse a bênção há muito esperada pelos que sofrem. Por que essa estranha compensação? Dor primeiro, alegria mais tarde.

Nem dá tempo de continuar escrevendo, depois...

Fim das empreguetes

Chorei tanto que meus olhos ficaram como os de um sapo. Pior de tudo: já não tenho minhas melhores amigas para me consolar desta vez!

Mãe, o período de harmonia de Maria da Penha, Maria do Rosário e Maria Aparecida ficou lá atrás: antes dos compromissos intermináveis, das cobranças por profissionalismo e excelência em tudo! Antes de botar a carreira na frente do pessoal, mas antes também de fazer a enorme besteira de colocar em jogo o trio por qualquer abalo na vida pessoal!

A harmonia se foi a cada plano de carreira solo, a cada proposta de trabalho aceita sem avisar o grupo, a cada acusação sem nem perguntar por quê; e a cada vez que, às vésperas do show, a cabeça ficou presa aos devaneios pessoais e não às músicas, e à alegria do público, fiel à nossa espera!

Mãe, o trio *As Empreguetes* acabou! Estou sem condições de refletir direito como será minha vida daqui para a frente. Outra hora escrevo contando tudo, se aguentar.

A gota d'água

Na trajetória de *As empreguetes*, inúmeros desacertos foram mal explicados. Todos com cheiro de armadilhas – ora de Chayene, na nossa cola desde o nascimento do grupo; de Isadora (embora nunca tenha confessado o sumiço da minha carteira de identidade), e do ex-*love* da Penha. Este, então, amargou até uns dias de cana por furtar o DVD de *As empreguetes* para piratear.

Uma sucessão de atrasos, desencontros e histórias mal resolvidas botam o humor de qualquer um lá embaixo. Rosário, infeliz por ter deixado seu grande amor pela carreira, jogou todas as fichas no que chama de "profissionalismo". Na verdade, além de ser líder e cantora por vocação, transformou a frustração amorosa no "Empreguete 24 horas". Penha, quase sempre, levava a pior por não acompanhar esse ritmo de dedicação. Mãe de filho pequeno, com ex-marido malandro, e uma ex-patroa e amiga sempre precisando dela... haja problema pessoal para atrapalhar o sucesso!

A Cida, a "menininha" do grupo, despertou compaixão até o dia em que foi resgatada da mansão. Mas quando resolveu voltar, acertar as contas, e tentar caminho próprio, dançou! Passou a ser alvo das críticas tanto de Penha quanto de Rosário. A Cida com a cabeça no "ninho de cobras", no "playba" também virou barreira para o sucesso do grupo.

Bem, nossas diferenças pessoais, até posso entender...

Mas como explicar a última armadilha?

Penha e eu embarcamos no aeroporto do Rio de Janeiro a caminho do nosso grande show, em Cantagalo, próximo da cidade. Acordamos em Cantagalo, Minas Gerais, num lugar ermo, longe de tudo! Como assim?

"Ah, a empresa aérea se enganou? Ah, Penha e Cida são duas tontas – até parece que nunca saíram do Borralho? Ah, Penha e Cida não são profissionais, abandonaram a equipe e foram cuidar de seus problemas?"

Nada disso, mãe! Como a gente podia imaginar perder um show daquela importância porque um piloto nos larga em Cantagalo, Minas Gerais?

Rosário quase enfartou. Tive pena quando soube das vaias do público. *Vaias*, mãe. Até então, *As empreguetes* só haviam sido aplaudidas – com flores à beira do palco. Realmente, fiquei com muita pena da Rosário, ela não merecia ter enfrentado tudo sozinha! Vaias, decepção, pedido de reembolso de ingressos, reclamação dos patrocinadores, multas contratuais...

Mas daí a gente se separar, mãe?

– Quanto vale nossa amizade? – Penha deixou a pergunta no ar.

Madrinha está certa: o melhor é deixar a poeira baixar.

É uma poeira brilhante, de glitter. Uma poeira inesquecível a do palco. Mas o que dói mesmo é a lembrança da minha mão sobre a mão de Rosário ou de Penha; das mãos entrelaçadas e da reverência na hora do agradecimento; dos movimentos coordenados da amizade e do amor.

Então as Três Marias não vão mais brilhar?

Reação de Conrado

Foi impressão minha ou Conrado ficou realmente decepcionado com o fim da minha carreira de empreguete? Ele é mais um a se deslumbrar com os cartões VIP, os privilégios obtidos nas lojas, restaurantes, os holofotes quase sempre voltados para mim. Não esconde ser ambicioso e, por isso, incensa a minha carreira como modelo, garota de propaganda ou sei lá o quê oferecido pelo mercado para Celebridades-relâmpago passada a tempestade.

Só eu mesma para esperar que Conrado apoie meu novo projeto de futuro – voltar a estudar, viver num apartamento de dois quartos no Borralho. Deve ser muito mixo para o filho de um milionário. Apesar da rejeição que vem sofrendo por parte do pai, Conrado espera um dia recuperar seus direitos como herdeiro. Assim como teve meu perdão, por que não reconquistaria o do próprio pai?

Às próprias custas

Aproveitei o clima de revolução dos últimos dias para anunciar minha saída da mansão. A partir de agora, as contas voltam a ser pagas pelo dinheiro obtido por meu pai na Justiça. É uma espécie de pensão, suficiente para cobrir despesas mínimas com a saúde dele (a pressão anda nas alturas) e a ração básica da família.

Podem dar adeus à *Cida empreguete*! Adeus ao bacalhau espiritual da Madrinha! Adeus aos empregados e consertos pagos em dia! Adeus ao jardim bem cuidado, à piscina limpa!

Adeus mamão com açúcar!

Amor de mãe

Eu me esqueci de contar que, depois de ter o bebê, Ariela tornou-se uma pessoa melhor. Sentirá minha falta na mansão – não pelas despesas pagas –, mas por eu já ter demonstrado que amo seu bebê, não só por ser meu sobrinho de sangue. A Madrinha tem razão quando diz: "Beija meu filho, adoça minha boca."

Assim, todas as vezes que peguei no colo o pequeno Bubi (é o apelido de Rubem), ela se aproxima sorrindo: "É a tia Cida, Bubi! É a titi do nenêêê..." E neste código de tatibitates e sorrisos, fomos nos entendendo e deixando para adolescência a "entojada" e a "pequena orfã".

Um canto só nosso

Madrinha e eu entramos na nossa nova casinha! Apesar dos abalos com o fim de *As empreguetes*, invento uma espécie de oração: agradeço à Maria do Rosário por me vender esse apartamento tão iluminado e cheio de boas lembranças. À Maria da Penha por ter me convencido de morar aqui no Borralho, entre amigos e queridos – num canto todo nosso, do tamanho certo para as nossas reais necessidades. Agradeço ao Elano por incentivar que parte do meu dinheiro fosse reservado para o meu teto, com usufruto para a Madrinha, até o fim dos seus dias. E agradeço de todo o coração à Madrinha por me acompanhar, contemplando tudo como se fosse a primeira vez.

Empreguetes para sempre

Nossos amigos do Borralho estão, de novo, movimentando as redes sociais e blogs da internet, com depoimentos de famosos e mensagens emocionadas dos fãs pedindo a volta do trio. Ando emotiva, choro por qualquer apelo de "volta, Empreguetes!".

Daria tudo para saber se Rosário e Penha sentem falta, como eu, de ter uma rede de proteção onde se possa cair de olhos fechados como um trapezista de circo.

Notícias de Berlim

Acabo de receber uma mensagem do Rodinei. *"Cida. Vou escrever seu nome no muro, com flores cor-de-rosa.* Amor aos 15: *é assim que essa parada vai chamar! Tô construindo a ponte Berlim-Borralho. Da próxima vez, quero ver a* Crew *inteira arrepiando o Velho Mundo!"*

Quem diria, mãe! O Rôdi acaba de realizar uma exposição em Berlim, organizada pela namorada, a Liara, uma brasileira que vivia na Alemanha, verdadeira caçadora de talentos!

A intuição do Rôdi não falhou: é mesmo meu irmão de alma, nascido no dia 12 de outubro como eu. Ralou por aí carregando caixas até cravar sua assinatura no mundo grande – mas levando dentro dele os becos do Borralho. E assim será, onde quer que ele vá (rimou!).

Luz do sol

Vai entender, Mãezinha... O que seria a mais inocente saída para tomar sorvete, de mãos dadas com o namorado, transformou-se em guerra dentro de mim. A caminho da sorveteria, Conrado e eu demos de cara com Elano e sua nova namorada (Brunessa já havia buzinado qualquer coisa no meu ouvido, mas eu nem quis prestar a atenção).

– Stela, fã de carteirinha da *Cida empreguete*! – ela foi logo se apresentando, sorrindo, sem imaginar o efeito provocado no meu coração.

Desconcertado, Elano emendou:

– Stela é uma grande incentivadora do movimento "Empreguetes para sempre". Porque ninguém se conforma com a separação do grupo, Cida...

Nem lembro direito o que respondi. Minha mão transpirava tanto! Fiquei com medo de que Conrado percebesse a causa da minha falta de jeito.

Quando Elano mediu Conrado com os olhos, senti uma espécie de vergonha. Como se namorar no quartinho da pensão ou entre quatro paredes no apartamento novo fosse uma vida clandestina. E que assim, às claras, sob o sol forte do Borralho, o encanto estava desfeito.

Por que, diante de Elano, Conrado volta a ser apenas o garoto mimado e ardiloso, capaz de armar um golpe contra o próprio pai?

Mãe, me ajuda a afastar estes maus pensamentos.

> *A senhorita nunca sentiu ciúme, não é, srta. Eyre? É claro que não, não preciso perguntar-lhe; porque jamais sentiu amor. Ainda precisa experimentar os dois sentimentos; sua alma dorme; ainda está por vir o choque que irá acordá-la.*
>
> *Jane Eyre*
> Charlotte Brontë

Primeiras brigas

Pois é, mãe. Difícil acostumar-se com a ideia do próprio pai preso. Cadeia, camburão, cela, marmita fria, tudo como um criminoso qualquer. Horário de visita, cheiro de suor, abraços envergonhados. De um lado, é a justiça sendo feita, a tão desejada punição para os crimes de colarinho branco. De outro, um homem abatido, que me chama de filha!

Conrado achou absurdo eu desembolsar tanto dinheiro para tirar meu pai da cadeia, contratando dra. Marta, uma advogada famosa. Estava num humor péssimo, depois de ter visto a foto de Elano ao lado do pai, dr. Otto Werneck, nos jornais da manhã. Ambos planejam inaugurar, nos próximos dias, um escritório de advocacia voltado para causas sociais.

Conrado reage como se estivesse sendo traído por Elano, eleito por dr. Otto como "filho substituto".

– Esse palhaço não podia estar posando de bonzinho ao lado do meu pai!

Entendo a ferida do filho. Mas não dá para tapar o sol com a peneira (de novo o sol, de novo a vontade de deixar tudo às claras):

– De palhaço Elano não tem nada, Conrado. Ele só denunciou porque você estava realmente envolvido num esquema ilegal que ia prejudicar seu pai. Se ele está ao lado do seu pai é por merecimento.

– Não acredito que você está defendendo esse babaca, Cida!

Conrado saiu batendo as portas.

Lamentei por não ter sido uma briguinha sem consequências. De fato, Elano está dentro de mim como uma bússola, apontando a direção a seguir. Até as falas surgem como num roteiro feito por ele. Eu as repito na direção de Conrado, sem compaixão.

A Madrinha veio em meu socorro:

– Cida, será que você não está confundindo os sentimentos? Você sofreu tanto, Cida, que pode ter confundido ir à forra com amor...

Rede de intrigas

A advogada conseguiu o *habeas corpus* e, assim, meu pai poderá responder o processo em casa. Só não pode sair da cidade. Ao receber a notícia da dra. Marta, fui visitá-lo.

Encontrei, de certa forma, a família inteira acorrentada à mansão – com vergonha de enfrentar repórteres de plantão. Especialmente d. Sônia. As outras madames lhe viraram não só as costas, como desligaram celulares, eletrônicos e apagaram seu nome, como fundadora e membro da Liga das Patroas nas redes sociais.

De longe, pude ouvir os gritos da madame, em mais uma das discussões inflamadas. Tornou-se a maior inimiga de meu pai:

– Ah... não acha direito me dar o divórcio? Mas me transformar em uma mulher de bandido, com fotos nas colunas policiais, é direito?

– Eu mudei, Sônia. Eu vou corrigir os meus erros... – Ouvi meu pai, ofegante.

– Quero só ver quando seu dinheiro voltar... Quando você sentir, de novo, o cheiro do poder! A MIM você não engana! – esbravejava.

Ariela apelou, em nome do bebê, que parassem com a briga. E o médico, vizinho do condomínio, teve que ser chamado para examinar meu pai, com a pressão 18 por 11.

Antes de eu sair, ele segurou meu rosto com as mãos. A experiência da prisão marcou rugas de expressão naquele rosto, antes liso e barbeado. Ele me entregou uma foto, de modo esquisito, como se tivesse me passando dinheiro falso.

Olhei. Ao fundo, a casa de Teresópolis. Ele estava comigo ao colo, sorrindo para o fotógrafo. Eu devia ter uns 4 anos, ele 20 e poucos.

Guardei a foto comigo. E com ela, novas perguntas sem respostas.

Cida, a diplomata

Para minha surpresa, mãe, depois da nossa primeira briga, Conrado me encheu de beijos, de pedidos de desculpas, e ainda quis saber minha opinião: o que eu faria, caso estivesse no lugar dele, para reconquistar o pai? Nem pensei duas vezes.

– Por que não vender o cavalo sela francês e, com o dinheiro arrecadado, pagar ao menos parte do que tirou do seu pai? Seria um gesto mais simbólico do que um pagamento de dívida – sugeri.

Apesar do apego ao cavalo de raça e ao fato de que o aluguel mensal ainda lhe rende algum dinheiro, Conrado aceitou. Porém, insistiu que eu mesma fosse ao escritório do pai mostrar as boas intenções dele – antes de levar o dinheiro pessoalmente.

Dr. Otto é um cara correto, valoriza meu passado de doméstica e minhas novas conquistas. Não gosto de pensar que Conrado esteja me usando para obter o perdão do pai.

Apesar da desconfiança, cumpri nosso combinado. Mesmo sabendo que entrar no escritório do dr. Otto significaria rever Elano ao lado de Stela: o casal no maior clima de harmonia. E mais: tornar cada vez mais público um compromisso que eu nem sei se...

A casa de Teresópolis

Que a situação esteja insustentável entre d. Sônia e meu pai, posso até entender. Mas que apenas ela possa acessar a pensão paga pela Justiça, sem que ele tenha direito a movimentar a conta, acho complicado, não? Como diz a Madrinha: "É ficar de pés e mãos atados!"

Dra. Marta, segundo meu pai, está nos Estados Unidos, onde participa de um congresso. Pena não estar no Brasil neste momento, pois a casa de Teresópolis é o primeiro bem a ser desbloqueado. Meu pai me explicou que essa casa é da nossa família, da minha avó, herdada antes do casamento com Sônia (a Madrinha confirmou a história). Sendo assim, ela não tem direitos sobre este bem. E ele precisa vendê-la, com urgência: é a única maneira de arrumar um dinheiro para se reerguer.

Então, quis saber por que não estava satisfeito.

Explicou-me que será obrigado a vender a preço baixo, precisa de dinheiro em espécie, não há como fazer a transação no banco. Além disso, só chamaria mais ainda a atenção de d. Sônia, pronta para o divórcio e uma partilha sangrenta dos bens!

Depois que ele foi embora, mãe, confesso que as lembranças da casa de Teresópolis ficaram mais vivas do que nunca: os jardins, nossas brincadeiras de circo, a única foto no colo do meu pai.

E se eu investisse parte das minhas economias comprando a casa?

Troca de lugar

A conversa que tive com dr. Otto Werneck deu novo rumo à vida de Conrado. O pai resolveu contratá-lo para a equipe do novo escritório de advocacia do grupo. Conrado esperava uma compensação maior pelo gesto de entregar parte do dinheiro devido.

– Me ofereceu o cargo de contínuo, acredita? – lamentando começar tão de baixo para reconquistar o lugar de filho legítimo.

Além disso, os postos se inverteram: o antes "assistente" Elano passa a ser o chefe.

– Você tem que ficar feliz, Conrado, por que perderia essa chance? – incentivei-o.

Orgulho ferido. Emoções contidas. Conrado tenta acreditar que vale a pena o jogo da Cida-*Pollyana* para amolecer o coração de Otto Werneck.

O Segredo

Tudo combinado com meu pai: compro a casa de Teresópolis com parte das minhas reservas, Mãezinha! Ele traz o rapaz do cartório aqui em casa, recebe dinheiro na mão e assinamos a escritura! Uhuhuhhhhh! Como se diz? Porteira fechada! Compro com os tapetes, as mesas gigantes de madeira, os jardins floridos, as varandas, o canil! Mais adiante, quem sabe, meu pai promete recomprá-la. Para isso, espera recuperar seus bens. Ele não cansa de repetir que, um dia, essa casa será minha de qualquer jeito!

Hoje à tarde, dou um beijo nos Werneck (é inauguração do novo escritório) e, de lá, acerto tudo com meu gerente do banco.

Olha, hein, mãe... Por enquanto é segredo a sete chaves. Quer dizer – seis, pois a Madrinha não entra nessa conta! Conrado, nem pensar... Ia achar que estou oferecendo mais do que o preço da casa. Nunca entenderia o real valor para mim.

Nossas coisas...

Escrevo no meio da tarde, cercada de apostilas do cursinho pré-vestibular por todos os lados. Passei na casa da Penha, rapidinho, para conversar sobre a possibilidade de negociar minha parte do acervo de *As empreguetes*.

– É melhor eu vender minhas roupas, fotos, acessórios agora – quando essas coisas ainda são desejadas pelos fãs! – arrisquei.

Penha – que é tudo, menos boba, estranhou que eu precisasse de dinheiro. Nem sonha que vou ajudar meu pai (quanto menos pessoas souberem, menos chances de chegar aos ouvidos de d. Sônia). Mesmo assim, prometeu conversar com Rosário, depois que ela voltar da turnê com o "Príncipe das Domésticas".

Pois é, Mãezinha, o mesmo cantor que teve o camarim invadido por Rosário no dia em que nos conhecemos (na delegacia!), tornou-se seu novo parceiro de estrada. Como estará ela? Que saudade!

Sonho com o dia de as *Três Marias* estarem juntas de novo. Nem precisa de palco, nem de luzes, nem de aplausos. Só do calor daquela amizade quente, forte mesmo, que parecia unir a gente para sempre.

Reviravolta

Tomei mais uma aspirina e tentei passar outra noite longe do diário. Como escrever sobre o desamor do pai pela filha com quem mal tinha acabado de estabelecer laços de família? Que outra palavra senão DESAMOR?

GOLPE, Elano escolheria. Outro golpe do dr. Sarmento, o poderoso tubarão de presas fortes e sempre a postos.

"A MIM você não engana!" A frase de d. Sônia que tomei, há dias, por puro impropério não me sai da cabeça. "A MIM você não engana!" Faz tanto sentido, mãe. Porque bastou o dinheiro de volta para o dr. Sarmento recuperar a sua ganância. Dinheiro: poção secreta do superpoderoso herói.

Como pude me enganar, Mãezinha? A MIM, A MIM o dr. Sarmento engana. À filhinha bastarda recém-revelada, Cida.

Como tudo aconteceu

Passei no escritório do dr. Otto, como eu havia programado. E de lá fui para o banco retirar o dinheiro em espécie. Mas quando cheguei em casa dei de cara com Elano e com a Madrinha – esta última, assustada, pois não tinha guardado o segredo sobre a compra da casa de Teresópolis, como prometido.

Lá estava Elano, de novo, tentando abrir meus olhos. Penha tinha comentado com o irmão meu interesse em fazer dinheiro com o acervo de *As empreguetes*. Mais tarde, no escritório, ele também ouviu quando eu combinava por celular a retirada do dinheiro com o gerente, às escondidas de Conrado.

Elano é mais que um bom advogado, mãe. É um investigador nato.

Relutei algum tempo em ouvi-lo, mas os argumentos eram muito fortes. Primeiro, dra. Marta estava no Brasil, e não nos Estados Unidos como meu pai disse. Tinha sido tirada abruptamente do caso.

Depois, descobriu que meu pai possui conta em banco, onde tem movimentado o seu pró-labore (a tal da pensão a que tem direito pela Justiça). Por que então inventar essa história de dinheiro vivo?

Não foi difícil concordar com Elano:

– Cida, não vamos deixar um criminoso como o Sarmento fugir!

Chorei muito, Mãezinha. Abracei Elano e me senti encorajada a seguir com as instruções dele: adiei o fechamento do negócio para o dia seguinte, alegando forte indisposição. Pude perceber a agonia na voz dele, durante o telefonema, e a relutância em aceitar o adiamento.

Mas o plano de resistência não durou muito tempo. Como Elano tinha previsto, o ataque de um tubarão é sempre aterrorizante para a vítima.

Horas mais tarde, recebi a visita de meu pai. Abri a porta, sem desconfiança – achando que a Madrinha tinha esquecido a nova chave.

Eu o recebi sozinha, aflita pelo dinheiro guardado na mala, embaixo do sofá.

Tentei manter a farsa por algum tempo, mas foi inútil.

O tubarão costuma morder a vítima, mas depois a solta. E assim, meu pai, num movimento brusco, me trancou no banheiro. Ligou o som bem alto para abafar meus gritos, e fugiu com a mala.

O ataque do tubarão não contava, entretanto, com o arpão escondido: a mensagem que eu havia deixado no celular de Elano, alertando-o para o fato de que meu pai tinha voltado ao apartamento.

Mãe, estou exausta, nem vale a pena encher estas páginas com detalhes do plano de fuga do meu pai, em direção a uma fronteira qualquer em que pudesse se safar. O fato é que o tubarão foi capturado.

Elano chegou a tempo de comunicar a Polícia Federal e de localizar, por meio da ex-secretária de meu pai, a Marisete, a empresa de táxi-aéreo usada na fuga, e da qual ele costumava ser cliente. O passo seguinte foi interceptar o voo e ordenar ao piloto que voltasse para o Rio de Janeiro.

Mais?

Foi patético, Mãezinha. Encarar meu pai, agarrado à mala de dinheiro, saindo do jatinho cercado de policiais. Ele olhou para mim com ódio, como quem fosse traído injustamente pela própria filha.

Eu me lembrei de mais uma das reprimendas de Penha, naquele dia em que dr. Sarmento revelou minha paternidade. Começo até a achar que você, mãe, pôs palavras na boca dela. E que só eu mesma não fui capaz de ouvir:

– Cida, ó só: se o Sarmento é teu pai, ele é o pior de todos, pior que a Isadora, que a d. Sônia: ele deixou a própria filha ser empregada das irmãs, durante anos, sofrendo humilhação.

Véu de noiva

Enciumado por ter visto Elano participar ativamente do resgate do meu dinheiro das mãos do dr. Sarmento (me dá raiva ter que chamá-lo de pai!), Conrado teve todos os motivos para me deixar. Mas fez justamente o oposto. Passado o rompante de se sentir ofendido e deixado de lado por mim, voltou, com palavras suaves e bonito como sempre. Dessa vez, trazendo flores e um anel de noivado – o mesmo devolvido por Isadora e que tinha pertencido, um dia, à mãe dele.

Não aceitei o anel e devolvi as flores.

– Não era isso o que você queria, Cida? Casar comigo? Não era o seu maior sonho?

– Era o sonho da Cida, da menina criada na casa dos patrões, desejosa de que as irmãs a amassem um dia; e crente de que ser a *Cida empregadinha*, não faria diferença para um verdadeiro "príncipe".

Conrado relutou em aceitar aquela desfeita. Então, partiu para um bombardeio de acusações. Que eu só havia reatado nosso romance para me vingar da Isadora. Que eu não fazia ideia do que ele estava passando tendo que viver com aquele bando de vira-latas, os meus amiguinhos do Borralho! Uns neguinhos achando que podem tudo! Que podem entrar e sair em qualquer lugar! Uma gentinha! Que para ficar comigo teve que vender o cavalo de raça, puxar o saco do pai! E trabalhar de boy *praquele* palhaço do "paladino da justiça".

Conrado estava transtornado. Mas conforme jogava a raiva sobre mim, dava mais luz para eu enxergar a realidade.

Li outro dia que ilusão é um véu colocado sobre nós, impedindo a visão clara da realidade. Por isso, Mãezinha, cada uma das palavras de Conrado derrubavam os meus véus.

Que abençoada desilusão!

O diário

Quase caí para trás quando Elano disse que meus cadernos, nos quais escrevo o diário ao longo desses anos, podem ser uma prova importante para o processo que vamos entrar contra meu pai e d. Sônia.

Além de acusá-los de exploração do trabalho infantil, Elano vai brigar para que eu receba todas as verbas trabalhistas e uma boa indenização por danos morais, materiais e por outros prejuízos à minha saúde física, psíquica e à minha vida escolar – tudo por conta do trabalho doméstico continuado, precoce etc.

Imagina só, mãe, se há cálculo para essa dor?

Mas Elano tem razão: o processo deve ser aberto. A partir de agora, a Justiça cuida disso. O meu coração é que não pode passar o resto do tempo alimentando as mesmas feridas.

Por isso, Mãezinha, entreguei a ele os meus cadernos. E se estou colocando nas mãos dele a minha vida, resta alguma dúvida? Elano é o homem que eu amo. A certeza disso me dá a maior alegria!

Epílogo

Parece que a vida ficou mais leve depois que os cadernos com o diário foram entregues ao Elano – como se o passado na mansão, a prisão do meu pai, e até mesmo os ressentimentos acumulados na separação de *As empreguetes* tivessem perdido a força de me empurrar para baixo! Pensei – "Será que estou virando a página, e botando um ponto final nessa história de sofrimentos?"

– Se eu pudesse escrever minha história de novo faria quase tudo diferente do que fiz: seria outra Cida! O que você acha? Que tal Maria do Céu? – propus à Madrinha.

– Que ideia, Cida. – Ela achou graça. – Se você fizesse diferente não seria o que você é. Ainda dá tempo, minha filha. Ué? Começa a escrever de outro jeito! Você ainda é tão menina...

Os acontecimentos que vieram a seguir mostraram que nem é preciso mudar de nome para recomeçar a vida de outro ponto. Mas fazer as pazes com nossa verdadeira origem, isso, sim, vale a pena.

Com a alma lavada

Eu já havia decidido não ficar me lamentando pelo desamor de meu pai, o tubarão do dr. Sarmento – por mais que isso martelasse a minha cabeça, despertasse desejos de vingança e muita raiva. O melhor era deixar com a Justiça – repetia tentando me convencer. Só essa reparação bastava.

O que eu não contava, entretanto, foi saber, por meio de um novo exame de DNA, que dr. Sarmento nunca tinha sido meu pai biológico. Que usou a falsa paternidade apenas como arapuca para me atrair à mansão. Assim, a *Cida empreguete*, a filhinha "favorita" pagaria suas contas e, aos poucos, ia sendo conquistada para o bote final: o dinheiro gordo da fuga. Além disso, encontrou oportunidade de dar uma lição à mulher e às filhas ingratas, que lhe voltavam as costas conforme o dinheiro minguava.

Mesmo cheia de horror com mais aquela armação do tubarão, agradeço até hoje o dia em que resolvi, na companhia de Elano, visitar o cemitério, em Teresópolis, e render as minhas homenagens ao Manuel dos Santos. Sim, o motorista, meu santo pai que me abençoou com um romance feliz – numa tarde escura e chuvosa.

Pois a mesma enxurrada violenta descendo os morros, tão ligada à morte de meu verdadeiro pai, desta vez seguiu outro destino. Este fora cuidadosamente arquitetado para unir Elano a mim.

A sós, numa pousada pequena e silenciosa, afastada da cidade, pude lhe dizer o quanto sentia por ter perdido, naquele obstinado acerto de contas com os Sarmentos, a felicidade de estar ao lado dele.

– A Maria Aparecida trocou o "príncipe Elano" pelo "sapo Conrado" – confessei, brincando com a mesma linguagem infantil das primeiras páginas do meu diário.

Mas, ao contrário do que eu imaginava, foi justamente por ler meus cadernos, os desabafos feitos à minha mãe, que Elano entendeu melhor o que se passou no meu coração.

Preciso falar dos beijos, abraços, carinhos e palavras doces que se seguiram, trazendo de volta nosso código de amor secreto?

Decidimos, passado o temporal, enfrentar juntos a vida que nos esperava, lá embaixo, na cidade agitada.

E, assim, acompanhamos todos os lances do processo contra a família Sarmento até a sentença final, quando fui indenizada com o principal bem da família: a mansão do Condomínio Casagrande.

Nesse dia, o advogado Elano Fragoso comemorou como nunca:

– É a justiça sendo feita! – espalhava a frase, quase religiosa, de tão rara naquelas bandas do Borralho.

Hoje é ao lado de Elano que sigo minha vida.

É o revisor dos meus escritos, incentivador incansável das minhas noites de estudo no curso de Jornalismo.

Mais do que isso, é nele que penso antes de pisar no palco e é ele que tantas vezes procuro encontrar na primeira fila. Porque *As empreguetes* voltaram a animar grande parte da nossa alegria.

Empreguetes para sempre

O reencontro de *As empreguetes* aconteceu durante a entrega do prêmio Dó-Ré-Mi. O trio havia sido indicado na categoria "Revelação do Ano", pouco antes de ser desfeito. Ir ou não ir? Fazer as pazes ou ficar de mal? Meu Deus! Que coisa infantil quando penso na minha insegurança naquele dia!

Foi como num sonho.

Primeiro, bastou que estivéssemos juntas para que o afeto surgisse como coreografias ensaiadas inúmeras vezes. Olhos nos olhos, muita emoção, abraços, beijos, mãos entrelaçadas e, ao fundo, o coro: "Empreguetes, Empreguetes, Empreguetes" – anunciando o trio vencedor do prêmio. Rosário até tentou um pedido de desculpas (como se ela fosse a única responsável por tantos desencontros!), mas Penha e eu nem demos ouvido. Afinal, éramos cúmplices – do começo ao fim, naquilo tudo.

No palco, ao ouvir a voz doce de Rosário, e revendo os movimentos exuberantes de Penha, só me passava pela cabeça: por que é mesmo que nos separamos? Como uma amizade tão forte pode ser abalada pelos trancos da vida de artista?

Parte da resposta, caros leitores, não demorou a chegar. Veio como um furacão!

O furacão Chayene

Num dos nossos melhores lances no papel de "paladinas das domésticas" contratamos, como camareira do grupo, Maria do Socorro – outra ex-empregada de Chayene que julgávamos maltratada e presa àquelas garras douradas (sim, Chayene adora unhas de porcelana enormes, pintadas de dourado).

Pelo jeito, em vez de boa ação, caímos numa armadilha. Quer dizer: Maria do Socorro, em vez de maltratada pela patroa, era sua cobra criada.

Então, por meio da nossa camareira, Chayene esteve por trás dos principais desentendimentos do grupo: desde a sabotagem com o clipe de *As empreguetes*, passando pela maldade de inventar que o filho de Penha se acidentou na quadra do Borralho, até o furto do meu documento de identidade! Tudo para provocar desavenças, atrasos aos shows ou, pior ainda: um furo total – como a recente confusão entre Cantagalo de Minas e Cantagalo do Rio de Janeiro, muito bem arquitetada pela trupe da megera.

Mas não o suficiente para separar de vez "as inseparáveis" mosqueteiras. O reencontro de *As empreguetes* no prêmio Dó-Ré-Mi foi somente mais um lance de uma carreira que dura até hoje, mostrando que arte e amizade se misturam, sim, na mesma água doce e nutritiva da música cantada nas ruas.

Notícias: do Borralho para o mundo

Madrinha é a nova atração da culinária regional! O bacalhau espiritual servido na choperia do Borralho ganhou cinco estrelas no guia de restaurantes famosos.

Ter uma cozinha toda sua, e ampliada para a cidade inteira, traz uma alegria enorme para ela. A ponto de dar canja de cantora, aos sábados. Podem imaginar?

Ariela e o marido vivem num apartamento próprio, com Bubi, babá – e espaço para um playground! Acabam de encomendar novo berço para o quarto ao lado (sobrinho à vista, tia Cida!).

Isadora está feliz ao lado do ex-entregador da mercearia do condomínio: o Niltinho, grafiteiro da *Crew do Borralho*, e amigão do Rodinei. Enfim, descobriu que nenhum cartão de crédito premiado vale esse amor ilimitado.

Rodinei voltou famoso da Alemanha. É dono de uma galeria dedicada à arte de rua. Cercado de bajuladores por todos os lados, de repente, desaparece do circuito. Seus lugares preferidos: os becos, com spray na mão; e as esquinas do Borralho, pregando a revolução para os seus chegados.

Brunessa em vez de tchau, está falando "tschüs" – em bom e correto alemão. Caiu nas graças de um milionário europeu ligado a causas sociais da comunidade: "Ponte-aérea, agora, colega, só Rio de Janeiro-Frankfurt!" Foi ela quem me disse ter encontrado Conrado, dia desses no restaurante da Hípica. Não sei se entendi direito, mas parece que cuida de cavalos (acho que faz negócios também). A fama de playboy, herdeiro de uma das maiores fortunas do país, continua a lhe render mordomias e companhia de moças "bem-nascidas".

Mas nem todos passam bem por aqui. Para certas mulheres, não há vida inteligente no planeta quando se está longe de seu castelo e de serviçais de prontidão. É o caso de d. Sônia. Com a decadência financeira e o marido preso, veio morar no Borralho, onde os aluguéis são mais em conta. Apronta confusão a toda hora com as vizinhas e já ganhou apelido: madame peixão, a mulher do tubarão.

E Maria Aparecida dos Santos?

A *Cida empreguete,* colegas, está toda orgulhosa: conseguiu publicar seu diário, se casou com o advogado mais bonito do Borralho e ainda passou a assinar Maria Aparecida dos Santos Fragoso.

(...) difícil dizer aos outros que estou sofrendo de vida, que nunca mais vou morrer porque me incorporei à vida.

Tu não te moves de ti

HILDA HILST

Biblioteca da Cida

Do amor, de Hilda Hilst (São Paulo: Massao Ohno, 1999)

Aprendizagem ou O livro dos prazeres, de Clarice Lispector (Rio de Janeiro: Rocco, 1998)

Poema "O caso do vestido", do livro *A rosa do povo*, de Carlos Drummond de Andrade (São Paulo: Companhia das Letras, 2012)

David Copperfield, de Charles Dickens (São Paulo: Editora Scipione, Coleção Reencontro Literatura, 2004)

Os desastres de Sofia, de Condessa de Ségur (São Paulo: Editora do Brasil, s/d) ou Sofia, a desastrada, de Condessa de Ségur (Rio de Janeiro: Ediouro, s/d)

Diário de uma criada de quarto, de Octave Mirbeau (Lisboa, Portugal: Editorial Minerva, coleção Minerva de Bolso, 1973)

Conto "A gata borralheira ou A sapatilha de vidro", de Contos e fábulas, de Charles Perrault (São Paulo: Iluminuras, 2007)

Guerra dentro da gente, de Paulo Leminski (São Paulo: Editora Scipione, 2006)

A hora da estrela, de Clarice Lispector (Rio de Janeiro: Rocco, 1998)

Jane Eyre, de Charlotte Brontë (Rio de Janeiro: Bestbolso, 2011)

Poema "Olhos parados", do livro *Poesia completa*, de Manoel de Barros (São Paulo: LeYa Brasil, 2010)

Oliver Twist, de Charles Dickens (São Paulo: Melhoramentos, 2012)

Poema "Para sempre", do livro *Lição de coisas*, de Carlos Drummond de Andrade (São Paulo: Companhia das Letras, 2012)

Pollyana, de Eleanor H. Porter (São Paulo: Editora Nacional, 2011)

Por onde andou meu coração, de Maria Helena Cardoso (Rio de Janeiro: Record, 2007)

A princesinha, de Frances Hodgson Burnett (São Paulo: Editora 34, 2009)

Romeu e Julieta, de William Shakespeare (São Paulo: Scipione, 2009)

Um sopro de vida, de Clarice Lispector (Rio de Janeiro: Rocco, 1998)

Os três mosqueteiros, de Alexandre Dumas (Rio de Janeiro: Zahar, 2010)

Tu não te moves de ti, de Hilda Hilst (Rio de Janeiro: Globo, 2004)

Verão no aquário, de Lygia Fagundes Telles (São Paulo: Companhia das Letras, 2010)

2ª reimpressão novembro de 2012
Impressão Sermograf
Papel de miolo Lux Cream 70g/m^2
Papel de capa cartão Supremo 250g/m^2
Tipografias EideticNeo e Arvo